烟花

阿袁 著
吴君 /
杨晓升 / 主编

江苏凤凰文艺出版社
JIANGSU PHOENIX LITERATURE AND
ART PUBLISHING

图书在版编目（CIP）数据

烟花 / 阿袁，吴君著. -- 南京：江苏凤凰文艺出版社，2025.6. --（她决心不再等待春天 / 杨晓升主编）. -- ISBN 978-7-5594-3695-5

Ⅰ. I247.5

中国国家版本馆CIP数据核字第2025N4D561号

烟花

阿袁　吴君　著　杨晓升　主编

责任编辑	项雷达
图书监制	古三月
选题策划	孙文霞　王　婷
版式设计	姜　楠
封面设计	刘孟云
责任印制	杨　丹
出版发行	江苏凤凰文艺出版社 南京市中央路165号，邮编：210009
网　　址	http://www.jswenyi.com
印　　刷	三河市宏图印务有限公司
开　　本	880毫米×1230毫米　1/64
印　　张	3.25
字　　数	60千字
版　　次	2025年6月第1版
印　　次	2025年6月第1次印刷
书　　号	ISBN 978-7-5594-3695-5
定　　价	119.80元（全五册）

江苏凤凰文艺版图书凡印刷、装订错误，可向出版社调换，联系电话025-83280257

目录

烟花／阿袁 001

你好大圣／吴君 115

烟花

阿袁

一

应该从哪儿说起呢?

从孔雀蓝绿色的披肩以及蕾丝手套开始吧。

那天天气不好,我记得,风把教学楼前的几株樱树吹得瑟瑟发抖,十月的樱树真是没法看的,叶子的颜色丑且不说——像张爱玲笔下的旧衣裳,那种碎牛肉似的黯红,还稀稀拉拉的,生了疮的癞痢头一样。想起它们三月时新妇般葱茏之美,不免就有了"树犹如此,人何以堪"的感叹。

其实我没见过这几株樱树三月开花的样子。我是新调来的老师，之前和先生在另一座城市的大学当老师，当了十几年了，一直都挺好的。可有一天他突然说不能在那个城市生活下去了。为什么？我惊讶。因为鱼，他再也不能吃那个城市的鱼了。那个城市在北方内陆，没有江湖，吃的鱼都是超市里的冷冻鱼，翻了白眼的。吃起来一股子尸味，他说。他想吃南方的鱼了。特别是一种叫翘嘴白的鱼，南方小江小河小溪里生长的。卤水翘嘴白，清蒸翘嘴白，红烧翘嘴白——放些笋衣或苦楮豆腐进去烧，起锅时再放小米椒、豆豉和葱白，简直不能想。一想，就要流口水，哪怕正上着课呢。所以他必须调到南方某大学去，不然，上课时上着上着，突然流起了口水，这怎么可以？一个教授，怎么可以在课堂上流口水？那不是要闹大笑话？所以他必须要调到江南去，必须！他煞有介事地强调。我不信。一个搞物理学研究的教授，也不是《世说新语》里的人物，会因为鱼而生出迁徙之心？我猜想他有别的原因，是什么呢？他不说，男人有男人的难言之隐。没办法，我只能"嫁鸡随鸡"地跟他来到了这所大学。谁叫我的学问不如他呢？在一对大学夫妇之间，当然是谁的学问好谁说了算。

这也是我为什么会在这种天气这种时候还站在教学楼门口和一群年轻老师一起等校车的原因。下午七八节的课，老师们都不爱上。教务员一般都把这个时间段排给年轻老师，或者不怎么重要的课程——我的"古典文学作品欣赏"就属于不怎么重要的选修课。

"虞老师，怎么办呢？专业核心课其他老师都上着呢，暂时也没有合适的课。要不，您先上公共选修课？"教研室主任客气地问我。

我初来乍到，能说什么？上呗。

那个女人是在外语楼上来的。上来后她没有和其他人一样，刷了校园卡就随人流往车厢后鱼贯而入，然后找个空位子坐下，而是非常夺目地在车门口处站定了。说非常夺目，是因为她身上的颜色：她手上拎的讲义包，胳膊上的披肩，还有她的手套,都是绿色的——讲义包是松绿色,披巾是孔雀蓝绿色,手套是翠绿色。这层层叠叠的绿,使她看上去十分古怪,像一棵圣诞树。尤其手套。不过十月,南方还没到戴手套的季节呢,但这女人却戴了手套——一双有蕾丝花边的镂空绒布手套。

车子已经开动了,但女人仍然在车门口站着,眼光像探照灯一样,从前往后,又从后往前,把车上的人来来回回照了两遍,仿佛在寻觅某个人一样;又仿佛不是,因为最后她看上去没有一点失落意味地一步三摇到了我身边,轻声轻气地问:"我能坐这儿吗?"

空位置上放了我的讲义包,我面无表

情拿了过来,搁自己膝上。

我不知道她为什么要坐我身边,车上明明空得很,她完全可以坐我的前排。前排的两个位置上一个人也没有,她可以一个位置坐,一个位置放讲义包。老师们都这样的。

"这天气,有点凉了呢。"女人坐下来后,清了清嗓子说。

她在搭讪。

我"嗯"一声,算作答了。我不想说话。在大阶梯教室两节课上下来,我唇干舌燥,嗓子里烟熏火燎般,实在没有和一个戴绿手套的陌生女人聊天的兴致和精神。

"看样子,明天会下雨吧?"

我又"嗯"了一声。

女人安静了几分钟,想必也察觉到了我的冷淡。我不管。转脸看窗外,窗外已是暮色苍茫,远处是江,更远处还是江,"日暮乡关何处是,烟波江上使人愁",行走在江边的车,像船,让人无端生出颠簸摇荡之伤感。

"您是哪个系的?以前好像没见过?"女人不甘心似的,又开口了。

我不能"嗯"了。这是疑问句,单单用语气词是敷衍不了的。

"中文系。"我咕噜道。

"My God，我们两个系是邻居吔！我是外语系的，周邶风，《诗经》里邶风的邶风。"

她伸出手，我有些惊讶于这个陌生女人的一惊一乍和完全没有必要的热烈，但还是很别扭地握了握那只伸过来的戴着绿手套的手。

那手微微地弯曲着，样子有点像要啄食的鹦鹉的喙。

我和周邶风就这样认识了。

二

我们都住老校区,她住桂苑,我住木槿苑,两苑比邻,只隔了一堵灰白围墙。围墙一边是几十株密实的桂树,和一条几百米长的迤逦青砖小径;一边是几十株木槿树,和一条商业街。说是街,其实也就十来家小店铺,卖生鲜水果,卖斋肠粉,卖椒盐芝麻饼。那卖椒盐芝麻烧饼的山东老妇每次见到我,都笑成一朵金丝菊,因为我老买她家的椒盐芝麻烧饼。每次一买就是十个,吃完了,又去买十个,连续不断。先生受不了。他早上喜欢喝粥,配一碟小菜,随便什么小菜——"豆干雪里蕻也可""腌萝卜也可""青椒毛豆也可",他一一列举,多能将就似的。但我偏不弄。我已经因为他想吃翘嘴白鱼而调到这三流学校来上选修课了,难不成还要鸡鸣即起给他煮粥弄小菜,想得美!"也可""也可"谁不会说?我也会呢。"馄饨也可""面条也可""水饺也可",他倒是弄给我吃呀!

和周邶风遇到是在第三天,也许是第四天,我记不太清了,反正是我又一次去商业街买椒盐芝麻烧饼时,被她叫住了。

"虞老师,虞老师。"

我吓一跳。声音尖细突兀,是那种

没有准备的声音,像小孩子迷路了突然看见自己家人而发出的变了形的惊喜交加的声音。

这一次是蓝色。黛蓝色的披肩,靛蓝色的长裙,紫蓝色的狗——那只狗也穿了一件紫蓝色小背心,和周邶风身上一模一样的。一个蓝色的人,一只蓝色的狗,并排站在美发店门口。

周邶风招手让我过去。

"虞老师,你说我烫梨花头怎么样?"她问我。

"梨花头?什么梨花头?"我莫名其妙。

"就是这个。"她翻了画册指给我看。

"嗯——挺好的。"

"可小白师傅说烟花烫更适合我。"

穿黑衬衣卡其哈伦裤的小白师傅,正躬了身子给一个女人修发尾呢,听了周邶风的话,扭过头来说:"周老师气质好,又时尚,烫烟花肯定拉风。"

"你说呢?你说呢?"周邶风绯红了脸问我。

"什么是烟花烫?"

"就是这个,这个。"周邶风又翻了画册指给我看。

一个首如飞蓬的黑嘴唇女人在纸上抬了下巴作两眼迷茫状。

天哪！这样的发式，怕也只有街头流莺喜欢吧？

或者女艺术家。像写《你好，忧愁》的萨冈那样年轻不羁的。光着腿，穿长长的男式白衬衣，一边虚无颓废着，一边天真放荡着。

而周邶风这样的年纪、这样的身份，怎么可以？

"怎么样？"周邶风又问。
"嗯，这个，我不太懂的。"我客气地笑笑，转身要走。

周邶风也要走。

"小白,小白,我下次来哦。"

但她没有回桂苑,而是跟着我,到我家"看看"了。

之后我总在木槿苑的商业街遇到周邶风。

她在生鲜店,在花店,在斋肠粉店,甚至苑门口的配钥匙店修鞋的摊子。她似乎很喜欢在那些地方盘桓。那些小店主一边料理生意——反正也不在繁华街上,生意总是不忙的——一边和她聊天。

聊什么呢?一个大学老师,和那些卖生鲜卖斋肠粉的人。

不是我势利，像我先生批评的那样。但人与人说话，难道不需要共鸣？鸟都要呢，所以才有"关关雎鸠在河之洲"，才有"嘤其鸣矣求其友声"。

而鸡同鸭讲对牛弹琴，有意思？

有一次我听到她和我家钟点工顾姨聊天。

"顾姨，柚子皮你是怎么腌的？这么好吃。"
"要用水多泡几天，这样去涩味。"
"泡几天呢？"
"三四天吧。要看柚子皮的厚薄，有些柚子皮薄些，三天就可以了，有些柚子皮厚些，就要四五天了。中间要换几次水，拧干，再拌上生抽大蒜子小米椒白糖就可以了。"

"还要放白糖？"
"这看个人口味。以前我也不放的，后来在四栋的陈师母家做事的时候，她让我帮着一起腌柚子皮。陈师母是上海人，食性偏甜，所以腌柚子皮什么的，都作兴放几匙蜂蜜。当时我还纳闷，这又咸又甜的，能吃？但做好后一尝，味道挺好，吃起来糯软了许多。后来我就学会了。不过，我不用蜂蜜，我用白糖，蜂蜜太贵。"
"顾姨，我家里有蜂蜜，下次给你拿点。"
"不用不用，那么贵的东西。"
"有什么贵的？别人送的。"

"那怎么好意思?怎么好意思?"

"好意思的,顾姨——不然,你给我一罐腌柚子皮?我们换着吃。"

"那也行。"

她们聊得自然而然,简直有"醉里吴音相媚好"之意了。

顾姨一星期才来我家一次,和我都不怎么熟呢,但周邶风却可以"顾姨顾姨"叫得如此亲切。

这是周邶风的本事。不是所有的人都能和不同圈子的人自在相处的。苏东坡说他"吾上可陪玉皇大帝,下可陪卑田院乞儿",我不能。好像伍尔芙也不能。伍尔芙每次和她家保姆说话都会紧张不安。我虽不至于紧张，但每回顾姨来我家时，我确实也颇拘谨的。我们之间的对话一直十分简单，顾姨来时，我说"来了？"她"嗯"一声；顾姨走时，她说"走了"，我"嗯"一声。再往下，就不知说什么好了。但周邶风可以没完没了。"顾姨，你今天气色真好！""顾姨，你这根簪子的颜色真好看。"

顾姨就抿了嘴笑。她在我面前从来不怎么笑的。她喜欢周邶风远胜于我。

我对周邶风简直钦佩了。毕竟，能和钟点工两情相悦的人，不多。尤其在这风气清高的高校，女老师们哪个不是目无下尘的林黛玉？或者降贵纡尊的薛宝钗——

那种做出来的周到。像周邶风这种对"下尘"货真价实的好,已经不多了。

三

我和周邶风的交往,因此密切了起来。

有时我也去桂苑找找周邶风了。来而不往非礼也。而且,比起木槿苑来,我其实更喜欢桂苑。

桂苑是教授楼,里面住的人,除了保姆,基本都是老教授,按周邶风的说法,"平均年龄都在五十五岁以上了"。人老了，就没有喧嚣的旺盛精力，所以桂苑比木槿苑安静。我喜欢到安静的桂苑里那条迤逦的青砖小径散步，也喜欢坐在小径旁的木椅上闻桂花香。

一个人，坐在树下，看看书，看看树叶和空空的天，看看偶尔走过的白头发教授夫妇的背影。

但和周邶风坐在一起，安静不成了。周邶风有话癖。什么话到了她这儿，都自带根须，能繁衍、能生长。

"刚刚过去的那个老头，是历史系的吴寅。

"别看他现在这个样子，当年可是师大的风流人物。

"师大的女生,至少有一半是他的fans(粉丝)呢。

"每回吴寅去学校礼堂作讲座,吴师母都要前去压阵的——她目光炯炯坐在礼堂一侧,以防那些春心盎然的女生。

"因为这个,吴师母得了一个绰号,秃头猫头鹰。

"吴师母头发少。"

周邯风一句又一句,连绵不绝。

而且是窃窃私语,好像我们关系多亲密似的。

"不知为什么,第一次看到你,就有一见如故的感觉。"

周邶风不止一次这么说。

什么意思？难道那天在空荡荡的校车上她非要坐我身边的原因是"满堂兮美人，忽独与余兮目成"？

我有点难为情。我实在不习惯这样过分亲密的。别说和一个交往不久的女人，就是爱人之间，我也更喜欢夏目漱石那种把"我爱你"，说成"今夜月色很好"的含蓄表白方式。

但周邶风的主动示好，还是让我颇受用。毕竟我在这个城市这个大学，还没有一个称得上朋友的人呢。一个中年女人，即使是我这种习惯独处的中年女人，完全没有朋友也是不行的。

"这是桔梗,这是野生蜂蜜,每天喝一杯桔梗蜂蜜茶对嗓子沙哑有好处的。"

周邶风告诉我,她先生是食品工程学院的院长,所以家里总有人送野生蜂蜜之类东西的。

"虞,去苏圃路的菜市场吗?那儿有野生翘嘴白卖呢。
"虞,去后街吃羊肉面吗?
"虞,去鄱阳湖看鸟和蓼子花吗?这个季节鄱阳湖飞来了好多候鸟呢。蓼子花也开了,粉紫粉紫的,铺天盖地呢。"

周邶风的建议我总是没法拒绝,她知道我喜欢什么。

所以，不过一个来月，在外人看来，周邶风和我就形影不离了。

有一回，我和同事汤牡丽一起去教务处领试卷，在门口遇到了周邶风。

周邶风依然一惊一乍，好像我们在教务处遇到是件多么不容易的事情。

她热情地招呼我，又招呼汤牡丽。

汤牡丽的反应却是淡淡的。

"你们认识？"

周邶风走后，我问。

"算认识吧。"

"算认识?"我狐疑。

"师大有谁不认识'首尾呼应'呢?"汤牡丽笑得几乎诡异了。

我愈发狐疑了,"她不是周邶风吗?怎么成'首尾呼应'了?"

"大家都这么叫她。"

"为什么?"

"你看看她衣裳的颜色。"

她衣裳的颜色?她衣裳的颜色怎么了?除了反学院的鲜艳,有点舞台风——可那和"首尾呼应"有什么关系?

但突然间,我反应过来了。

周邶风衣裳的颜色确实很有特点——它们都是扎堆的,至少成双成对,也就是说——首尾呼应。

她身上从来没有哪种颜色是单枪匹马出现的。蓝裙子,配蓝披肩;绿裙子,配绿披肩。如果没有,哪怕用发夹、用手镯、用腰带,也要遥相呼应一下。

好像颜色也胆小,会怕鬼似的。

不是我有意打听,但有关周邶风的事——历史的,和现在的——还是天女散花般传到我这里来。

她是广外毕业的,一开始在研究生院上课,上英美文学,后来就没上了。有学生到教务处告状,说她上课总跑题,喜欢在课堂上东扯西扯拉家常,明明讲莎士比亚,讲着讲着她能讲半天她家的狗,她家的狗叫 Gatsby(盖茨比)。Gatsby 怎么怎么聪明,怎么怎么洁身自好,不但知道自己上厕所自己用爪子摁旋钮冲水,还知道不在外面和其他母狗乱搞。

从莎士比亚,到狗,也不知她如何起承转合的。

学生们意见很大。他们到学校读研究生,是来求学的,不是来听老师拉家常的。听拉家常在家里听就行了,在弄堂里听就行了——每个家里都有一个家庭妇女的,每个弄堂里有更多的家庭妇女。他们何必辛辛苦苦考研究生呢？他们何必浪费大好青春年华坐到课堂上来呢？就算老师用英语拉家常，那又怎么样？也不比看美剧《绝望主妇》高级！更不比看英剧《唐顿庄园》高级！他们交了学费来学校，不是要听老师用英语讲她家里的狗如何如何，不是要听约克郡布丁的制作方法——周邶风在约克访学过一年的，所以动不动就讲她在约克的事——而是要听莎士比亚的《哈姆雷特》，要听海明威的《老人与海》，像其他老师在课堂上讲的有价值的东西。

　　学校派督导去听课。有督导在，周邶风老老实实地讲了几节莎士比亚。她以为这一次和以往一样，是例行听课。也就听上那么一两节,最多三四节,然后督导写个听课报告交上去,这事就算了了。学校都是这样的,走形式。但督导这一回可恶得很,听了一节又一节,没完没了的,周邶风就憋不住了——她对拉家常是上瘾的,好像家常是鸦片一样,戒不了——又开始半节课讲书本,半节课拉家常。因为是用英语拉,她以为督导听不懂,督导也确实听不懂。他们都是些上了年纪的教授,也不是英语专业的,哪里听得懂她叽里呱啦带广东和约克口音的英语呢?但督导们也不是吃素的,他们有经验,按周邶风的说法,是"老奸巨猾"。他们偷偷带了录音笔,把周邶风上课讲的东西,一字不落地录了下来,带回来让外语学院的其他老师逐句翻译了,附在听课报告后面,送到了教务处。这下事情就闹大了,教务处长说:"周邺风老师简直把英美文学课,上成了家政课。"

这还是好听的,研究生院的院长更不客气了,说周邺风老师是"挂羊头卖狗肉",是"滥竽充数",是"鱼目混珠"。

主管教学的校长也认真看了翻译版的周邺风老师上课记录,之后定性说:"这是一起教学事故,要严肃处理。"

学校在办公网上公示了对周邺风的处分决定:停课一年;停发当年的教学津贴;三年之内不能参加职称评定。

| 烟花 |

这个处分是前所未有的严厉，学校还从来没有这么处分过老师呢，之前哲学系的某老师因为上课老接电话，学校给了他一个记过处分，扣发了当季教学津贴；艺术系戏影专业的某老师因为被学生反映总是在课堂上"像放映员一样"放电影不讲课，学校给了她一个警告处分，扣发了当月的教学津贴。但还没有哪个老师被停过课呢。

学校还因此开展了一系列师德师风建设主题活动，什么"我们到底要怎样培养学生"，什么"论大学课堂上教师的道德修养"。每个老师都被要求发言和写一千字以上的心得体会。老师们叫苦连天，直抱怨因为周邶风，他们遭池鱼之殃了。

一时间，周邶风成了众矢之的。

周邶风不知道，她其实是撞枪口上了。学校第二年就要参加全国高校教学评估。校领导忧心忡忡，因为教学环节可是他们学校的软肋。这些年，老师们都一心一意写论文去了、申报课题去了，没有哪个老师重视上课。所以学校正铆足了劲抓一个反面典型，好杀鸡儆猴呢。于是周邶风适逢其时，成了那一只被杀的"鸡"。

猴们果然被吓得战战兢兢，再也不敢在上课时乱来。学校因此在第二年全国高校教学评估中，成绩斐然，排名进了前五十。前五十虽然不是什么值得夸耀的名次，但对他们这样的三流学校而言，已经有改写历史的意义了——学校在上一轮、上上一轮、上上上一轮的全国高校教学评估中,排名可都是六十多呢,从来没有突破过五十的。校长龙颜大悦,在学校海棠阁摆了庆功宴,大宴那些在这次评估中做出杰出贡献的老师和教务工作者。那些被宴请的老师们,一个个抐髀击缶歌呜呜。而那些没被宴请的老师,就有些失落了。校长为了普天同庆雨露均沾,又以"节能奖"的名义给每位老师发放了一千块奖金——甚至学生们也有份,在评估结果出来的当个周末,后勤部门给每个学生发了肉丸子票,学生凭此票可打一份免费的大肉丸。学生们也抐掌击缶歌呜呜。于是全校都沉浸在一片洞房花烛般的喜庆气氛中。

一年后周邶风才重新回到课堂。但一个"把英美文学课上成家政课"的老师，不可能有资格上研究生课了，也不可能有资格上专业核心课和必修课了。

她只能和那些年轻老师一样，上上公共选修课，或二类通识课。这种课一般都被排在下午七八节，或晚上，或周末。都是老师们痛心疾首避之唯恐不及的时间。

但周邶风愿意在这个时间段上课。这个时间段一般没有督导来听课。周邶风后来，很怕督导了。

四

周邶风遛狗，也是桂苑和木槿苑一景。

苑里养狗的人家不多。高校的老师们，对养狗，多少是抱了些看法的。总认为那是有闲阶级用来打发时间的，无聊得很，腐朽得很。和以前的公子哥儿养鸡斗鸡养蛐蛐斗蛐蛐性质一样。一个教授，特别是一个女教授，牵只狗出来散步，那成什么样子呢？不成样子的。教授嘛，散步就应该带本书，一边走，一边看，看着看着，一个不小心，还会撞到树上，像中文系的庄瑾瑜教授那样，那才是女教授的正经样子。再说，养狗可不是养花养草那么简单，只需要浇点水就了事。狗的要求可是很多的，不仅要吃要喝，还要洗澡，还要散步，还要恋爱，恋爱失败了还要吠个不停。像中文系陈季子家的多福那样。多福是只公狗，它追求苏不渔家的母狗，没追求上，结果不分白天黑夜的，吠了一个多月。把桂苑的教授们吵得没法读书写文章了。大家意见很大，但意见都憋在肚子里，没有谁把意见说出口。只有隔壁生物系的姬教授脾气不好，有一次冲到陈季子家门口对着多福嚷嚷，你再吠，你再吠，再吠就把你实验了——所谓"实验了"，就是说要把它弄到生物系实验室去给学生做实验。陈师母气得要命，扬言要告姬教授恐吓。陈师母说她家的多福可不是一般的狗，而是智商很高的贵宾犬，所以姬某

"实验了"之类的残酷的话，多福肯定能听懂的，心理也肯定受到了伤害。

这话大家听了，也就一笑了之。没有谁真的相信，她家的多福能听懂"实验了"这种话。

不过，桂苑的那几只狗，确实不是一般的狗。杜副校长家的拉布拉多，哲学系主任老米家的西施犬，中文系苏不渔家的蝴蝶犬，牵出来遛时，都不用主人吹嘘，别人一眼就能看出来历不凡。狗和人一样，来历不同，走路的风度气概就不同。就好比学校里那些出身北大清华的教授，和出身二三流大学的教授，走上讲台的姿势，都不一样。也不是说出身北大清华的教授就个个气宇轩昂，像历史系的杨不孚教授，走上讲台的时候，也低头佝腰，弱柳扶风，一说话，也是细声细气，但仍然气场强大，是那种内功深厚的有底气的强大。

而周邺风的狗没有桂苑那几只狗出身高贵，是土狗。

"也亏她做得出来，捡只土狗穿上花衣裳当宠物养。"汤牡丽说。

周邺风也告诉过我，Gatsby是她捡到的，就在小区后面的废墟上，当时它孑然一身，神情彷徨。她一时恻隐，就收养了。

土狗本来也没什么不好,如果放在陶渊明那样的环境里,"狗吠深巷中,鸡鸣桑树颠";或者放在唐诗里,"柴门闻犬吠,风雪夜归人",那样就自然而然,有诗意美!人和物,都讲究个适得其所。适了,就相得益彰,就"人面桃花相映红";不适呢,就乖谬,就古怪。《红楼梦》里的刘姥姥之所以成了丑角,成了林黛玉"携蝗大嚼图"里的母蝗虫,说到底,不是刘姥姥丑,而是她不该进大观园。

周邯风的狗也如此,它在桂苑,就如刘姥姥在大观园般搞笑。

尤其是周邯风还给它穿上了颜色鲜艳的褂子。

一只土狗，拴根狗链子戴个金色项圈，穿件宝蓝色或翠绿色的绸缎小褂子，怎么看，都显得怪里怪气的，它甚至不像狗了，像什么呢？不知道，反正不像狗。

美术系的马远老师因此画了一幅画，叫《女人与狗》，挂在艺术学院的展览厅里，许多老师都去看了，觉得马远画得真是惟妙惟肖，既画出了形，又画出了神。

但马远不承认他是"因此"。他说这幅画，和身边的人没有一丁点儿关系，和身边的狗也没有一丁点儿关系，他画的是俄国作家契诃夫笔下的女人和狗，他喜欢契诃夫的小说，特别是《带小狗的女人》。所以这幅画，是向十九世纪的契诃夫致敬呢,所以它不是"因此"而是"因彼"呢。

这话没人信。桂苑的教授们饱读诗书,契诃夫的《带小狗的女人》大都读过的——就算之前没读过,在这之后也仔细读了。小说里的女人,金发,个子不高,戴一顶圆形软帽;小说里的狗,也是娇小玲珑的白毛狮子狗。

而马远画里的女人,黑发,个子又高又瘦,没戴帽子,披一块孔雀绿披肩;画里的狗,个子也又高又瘦,不是白毛狮子狗,而是黄黑色的。最关键的是,那狗也穿一件孔雀绿的马夹。

还有,那女人背后的树,也不是桦树——十九世纪俄国文学里的树,一般都是高大笔直的桦树呢,可马远画里的树,树干不直,树冠又低又圆,看着更像桂树,或者木槿。

所以,马远的《女人和狗》,绝对不是"因彼",而是"因此"。

对这些学院索隐派,马远嗤之以鼻,"这不是学术,而是艺术,艺术你们懂不懂?"

桂苑的教授们也嗤之以鼻。他们自然懂艺术的,也懂"艺术源于生活"的理论,而马远这幅画的"生活",毋庸置疑,就是周邶风和她的狗——不信,不信就来桂苑看看!

或者到木槿苑的商业街来看也可以,反正周邶风和她的狗,不是在桂苑转悠,就是在木槿苑的商业街转悠。

那些住在其他小区的老师,本着究本溯源的学术习惯,果真过来看看了,看完之后,又去艺术学院的展览厅看马远的画。有一丝不苟治学严谨的教授,看完画之后,再按图索骥去看周邶风和她的狗,如此反复对照看上若干遍,才算完。

周邶风和她的狗,就这样成为桂苑和木槿苑的风景了。

"Gatsby，Gatsby。"只要狗稍微走远点，周邶风就会一惊一乍地叫。

我不明白她有什么好惊乍的，连我都知道，Gatsby 不过走到某棵桂树后去小便了，小便之后又蹲在另一棵桂树后趴着发呆去了。

这是 Gatsby 的习惯，它总是在一棵树下小便，到另一棵树下发呆。

那冷静的样子，别说还真有点王维诗里"人闲桂花落"的意思，不，应该是"狗闲桂花落"的意思呢。

"它老蹲在桂树后干什么呢？"

"在闻桂花香呢,你没见它鼻子一翕一翕的?"

"狗也闻得到桂花香?"我惊讶——风花雪月不是人才会的吗?狗也会?

"别家的狗我不知道,Gatsby 是闻得到的。别说桂花这样浓郁的香,就是柚子花樟树花香,它都能闻得到呢。"

"你怎么知道它闻得到?"

"它告诉我的呀。"

"它告诉你?它怎么告诉你呢?"——难不成那只狗,会讲人类的语言?

或者周邶风除了英语,还会狗语?

我的神情里,肯定流露出了类似讥讽之意。不知为什么,自从听说了周邶风的一些事情后,我对周邶风,就变得有点不客气起来。"生物之间的交流,不一定非要用语言吧?"周邶风讪讪地说。

那倒是。但再怎么,也不至于能说出"我闻得到桂花香"这种话吧。太夸张了!比陈季子夫人说她的多福能听懂"实验"了还夸张呢。"不知为什么,我第一次看到Gatsby,就有一见如故的感觉。"

天哪!之前她也对我说过的,"不知为什么,第一次看到你,就有一见如故的感觉。"

我当时还以为她是"满堂兮美人,忽独与余兮目成"呢!

原来不独与余,与狗也是这样呢!

后来汤牡丽告诉我,周邶风和许多新来的人,都"一见如故"过呢。这也是周邶风总来木槿苑的原因。

五

桂苑的人是没什么变化的,教授是那些老教授,保姆也是那些老保姆,大家知根知底。不会发生把保姆错认为师母的事情,也不会发生把师母错认为保姆的事情。这事在其他小区,偶尔还是会发生的。比如材料系的马骊老师，在住进木槿苑的第一天，就把对门住的俞师母和她家的保姆弄反了，俞师母朴素，而她家的保姆反倒时髦得很。"谁能想到一个戴眼镜系 Burberry（巴宝莉）格子丝巾的女人是保姆呢？"马骊老师觉得冤枉，俞师母打那以后一直对她不冷不热。那个保姆倒是特别热情，每次在楼道上遇见她就"马老师马老师"地追着叫，不叫应是决不罢休的，还主动帮她倒过几次垃圾，要报答她知遇之恩似的。这事闹得木槿苑尽人皆知，影响很大，Burberry 格子丝巾一时也成为木槿苑的风尚。木槿苑的保姆们，不约而同都去万寿宫花二十块买条 Burberry 系脖子上了。

这是住在木槿苑的好。

木槿苑流动性大,总有老师调走,也总有老师调来。新调来的老师,要花费相当长的时间,才能了解其他人的情况——这"相当长"的时间要多长呢?不一定,有的要一个来月,有的就要长达数月,视新来的老师性格而定。性格开放的,一个月就差不多了——不过至少也要一个月。一个知识分子,要和另一个知识分子熟络起来,不可能是一朝一夕的事情,更不可能是一饮一啄的事情。而相对封闭的人,比如我这样的,就需要更长时间了。

也就是说,周邺风和那些新来的老师,一般可以做一个月至半年的朋友。

差不多每个新来的女老师，一开始，都听过周邶风的"不知为什么，第一次看到你，就有一见如故的感觉"。

多少还是会被感动的吧？在矜持的学院里，听到如此不矜持的表白，于是半推半就成朋友了。

问题出在后来。

周邶风的先生——那个食品工程学院的院长，不怎么回家的。

也不知怎么传出来的。周邶风自己从来没说过，"他这个人，你不知道有多Clingy（粘人的）。"

Clingy？我一时听不懂。

"缠人。"

她说的是以前,那已经是二十年前了,他们刚分到学校来的时候,她住八栋,他住六栋。两栋一前一后,他有事没事就来找她。

来了也没有什么话说,只是沉闷地坐在桌子边看书,或者沉闷地站在走廊做饭。那时候大家都把走廊当厨房的。他做的都是些稀奇古怪的食物,什么南瓜花炒百合,什么枸杞炖泥鳅,还带来了计量器,百合多少克,枸杞又多少克,一样一样记录,在一个本本上。她觉得好笑,他这是在做菜呢？还是在做实验呢？

她一开始不怎么愿意和他好的，他比她小，小两岁呢，虽然看不出来。他老相，又稳重，一起出去，不认识的人，都以为他比她大呢。

而且，他也不解风情。同宿舍的女老师生病了，她中文系的男朋友送来了花，还有花间诗，"花心定有何人捻，晕晕如娇靥"。她生病了呢，他让人捎来了一小包药丸——他当时在实验室，实在离不开——以及写了"黄连素，一日三次，一次两丸"的小纸条。

小纸条还是从记录本子上撕下来的，

皱且参差不齐,"丸"字上,还有黄不拉叽的斑点,想必是实验时不小心弄上的。是咖喱粉?还是生姜粉?她用舌尖舔了舔,好像都不是。到底是什么呢?她琢磨好半天,也没琢磨出来。他后来告诉她,是茴香粉。

那时有不少条件很好的男人追她的。某某某,还有某某某,当年都追过她。但她最后还是和他好了。

因为他没人要。八栋的女老师都看不上他——他也看不上她们。他这个人,别看蔫头耷脑的,却是个志存高远的人。

这是她的毛病。对没人要的东西,不

知为什么,就是放不下。

别人放不下的,是好东西;她呢,放不下的总是些没人要的。

瘸了一只腿的麻雀,丑拉吧叽的女同学,絮絮叨叨的隔壁老婆子。

她姐姐说她身上有一种"趋暗性"。本来,人类和飞蛾一样,趋光是本能,追求灿烂和光明的生命,然后借这灿烂和光明照亮自己。而她相反,是夜行动物,总是趋暗。仿佛黑暗才能给她力量似的。

她是子时出生的,子时出生的人,是不是都有趋暗的天性?

六

一开始周邯风来我家还是会先打个电话的。

"虞,在家吗?"
"在。"
"我给你拿几只清水大闸蟹过来。"
"不要,你们留着自己吃。"

可周邯风不由分说,还是拿过来了,不是几只,而是整整一纸箱。二十几只青背白肚的大闸蟹,用细麻绳五花大绑了,整整齐齐排列在箱子里。美人阵一样。

我先生见了，开心得不得了，他喜欢吃螃蟹。

顾姨把螃蟹清蒸了，配好了红红绿绿的蘸料，又烫了一壶米酒。《红楼梦》里不是写了吗？"酒未敌腥还用菊，性防积冷定须姜。"螃蟹性寒，吃时需配姜和菊花酒。

菊花酒家里没有，只能用米酒将就了。

那也够了，先生在吃上，颇有小富即安的知足。

况且有螃蟹，无论如何也不止"小富"的程度。

| 烟花 |

"一起吃，一起吃。"

先生主动发出邀请，他平时对女性的态度是有点端谨的。这一回，估计是看那一纸箱螃蟹的面子了。

周邶风本来也没有要走的意思。

顾姨拿来了小酒盅，先生帮自己斟了，又帮周邶风斟。顾姨是不喝的，不知是不会，还是觉得不合适。她这个人，有些老派讲究的。我是不喝酒的，不喜欢。

先生的酒壶已经到周邶风杯口了，但她用两根手指突然捂住了盅口，说："我不会喝酒。"

"这是米酒,才十几度,不算酒的。喝一盅?"先生劝。

"我不会喝的。"

"就一盅?"

我蹙眉。

先生于是悻悻作罢。

他知道我的意思。

关于劝酒,我们以前有过争论的。我认为劝酒是不文明的表现。先生说,怎么不文明?怎么不文明?李白的《将进酒》文明不?可"将进酒"不就是"再来一杯吧"的意思?"将进酒,杯莫停",不就是"再来一杯再来一杯"的意思?还有"举杯邀明月,对影成三人"——李白不只劝人喝酒,还劝月亮喝酒,不文明?不文明?

我说不过他,我从来都说不过他的。他定了个规矩,就是我们争论问题时,我不能用文学的知识,他不能用物理学的知识,否则就胜之不武。

可我物理学的知识几乎是零呢。怎么可能用物理学的例子和他理论?

而他平时最大的业余爱好,就是看古典文学方面的书。

这叫"师夷长技以制夷",他得意扬扬地说。

于是我这个"夷",就很有自知之明地从不和他展开理论,遇到"不敢苟同"的时候,就蹙眉,或白眼。

好在我一蹙眉或白眼,他就知道我的意思了,并且一般也会按我的意思行事。

这是我们夫妇的模式。

但周邺风看不过。

"要不,我喝半盅?"

她把捂住杯口的手指拿开,对先生嫣

然一笑说。

先生没想到,一时看看我,然后忙不迭帮周邶风倒上了。

她后来告诉我,她这是帮我,男人其实不喜欢看女人的眉高眼低,看久了,就会出问题的。也不喜欢一个人喝酒。喝酒不比看书,看书是一个人好,但喝酒一个人就太寂寞了。所以她打算象征性地喝一点,是不煞风景的意思,也是帮我的意思。

可她的"象征性喝一点",最后把大半壶的黄酒都喝了。

"要不，再来半盅？"
"要不，再来半盅？"

每一次她都试探似地问。

先生已经面若桃花了。他酒量其实不怎么样的，虽然每回一有好菜，他总叫嚷着"喝两盅喝两盅"——也就两盅，两盅之后，平时不苟言笑的他，就会"氓之蚩蚩"地言笑。

"周老师好酒量。"
"哪里，我不会喝酒的。"
"明明会喝得很。"
"真的，我不怎么会喝酒的。"
"是吗？"

"今天心情好,喝起兴了。"

那天周邶风心情确实好,一壶黄酒底朝天之后,她还问:"要不,再烫一壶?"

"没有了。"我说。

当然还有,还有两瓶呢,就放在书房桌子下面,是去年中秋节时先生从老家带回来的浔阳封缸酒。

先生看我一眼,也不作声。这种时候他和我还是挺默契的。

是吗?周邶风转着杯子,一副意犹未尽的样子。

"下次吧,下次再一起喝。"先生最后说。

本来是客套话,但周邶风隔天真来了。"虞,让你husband(丈夫)下来一趟好吗?"她在单元门口摁门铃说。

"什么事?"
"下来拿点东西。"

是酒,一大坛绍兴花雕。

"别人送的,搁家里有些日子了,我们也不喝。"

其时傍晚,我和先生正准备吃晚饭呢。

| 烟花 |

只有两个半菜,一个排骨炖山药,一个素炒苦苣,外加一小碟腌萝卜皮。先生有轻微脂肪肝,所以我家餐桌上,一向素且清淡,量也偏少。

"吃了吗?"
"没呢。"
"一起吃点?"
"——也行。"

周邶风好像颇勉强地坐下了。

"加个菜?"

先生看了我建议。他本来对我饭桌上的极简主义就有意见,现在有客人,趁机提要求了。

我看看桌上那点东西，确实太少了。但我坐着不动。一天做一次晚饭就够了，还要我做两次不成？

"冰箱里有一罐橄榄菜，就吃那个怎么样？"

"那个，应该是下水泡饭的吧？还是炒个什么吧。"

"炒什么？"

"肉片木耳之类的，不行吗？"

"木耳要提前半小时泡上，不是说炒就可以炒的。"

"那炒个西红柿鸡蛋？"

我又蹙上眉了。这个人，真是的，连推诿也不懂。

先生这下懂了，于是赶紧起身去拿橄榄菜。

"要不尝尝我手艺？"

一边的周邨风开腔了。

"那怎么行？"

我瞄一眼周邨风的裙子，又是一件靛蓝袈裟似的长裙，这样的裙子站在布达拉宫前双手合十更合适吧？站在舞台上咿咿哦哦更合适吧？和厨房怎么搭？

但周邨风不客气，兀自从门后拿了围裙一系。那天是周日，前一天我刚去了菜市场，所以冰箱里其实囤了不少菜呢。她打开冰箱的刹那,我微微地脸红了。可周邶风若无其事。她麻利得很,不一会儿,一道泡椒藕丁,一道芙蓉鱼就上桌了。

周邶风把它叫作芙蓉鱼,其实就是西红柿烧白鱼块。

西红柿在我家,是和鸡蛋搭配的,从来没有和鱼在一起过。

先生吃一口,脸上刹那呈现出一种惊艳般的表情。

至于吗?不就西红柿白鱼?难不成周邶风把它叫作芙蓉鱼,就真吃出了芙蓉花?

我以为他的"惊艳",是男人的人情世故呢,或者说怜香惜玉。

毕竟让客人下厨房,怎么说,也是失礼的,所以在菜端上桌后,他有必要"惊艳"一下,也是教养,也是对我的迂回批评。

婚姻生活多年之后,他最热衷的,就是迂回批评我。

虽然他说那不是批评,而是教育。

但当我也夹一口放进嘴后,才知道他的表情不过是巴甫洛夫条件反射而已。

西红柿自然还是西红柿,白鱼自然还是白鱼,但加在一起,西红柿又不是西红柿了,白鱼又不是白鱼了。

就如金圣叹说"盐菜与黄豆共吃,大有胡桃滋味"般。

那种好,怎么说呢,是一种相濡以沫的好。是你中有我,我中有你。

原来不单人,物与物之间也讲究对路的。对了,就水乳交融,就鸾凤和鸣;不对,就貌合神离,就劳燕分飞。

"周老师,你怎么会把西红柿和白鱼一起烧呢?"先生惊奇地问。

"你们别忘了,我 husband 是搞食品研究的。

"食品研究嘛,就是把各种乱七八糟的食材都搁一起做试验。

"西红柿烧白鱼算是最普通的,还有西红柿烧泥鳅呢,西红柿烧蛤蜊呢,西红柿烧茄子呢——西红柿烧茄子已经被他们学院工厂做成了罐头产品,取名'姹紫嫣红',远销到了东南亚呢,不仅东南亚,还远销到了南美呢!不过在南美的名字是叫'Rojoy Negro'de China,是西班牙语,'来自中国的红与黑'的意思。好笑不好笑?罐头而已,也不是小说,叫什么'红与黑'?还'来自中国的红与黑'?

"这名字是他们学院食品文学所的一个女老师取的。虞,你知道吗?他们学院还有个食品文学所呢,专门给各种新开发的食品取名字,取一些花里胡哨的名字,写一些花里胡哨的美食散文,发在'食色'上——'食色'是他们微信公众号。你们愿意的话,可以关注一下,上面会有他们产品介绍和菜谱,还有各种食物知识。

"不过,也就那些菜谱和食物知识可以看一下,至于那些美食散文,就可以免读了。写得实在不怎么样,太矫情了!不过吃个南瓜粥,文章题目却是《人生若只如初见》。不过到他们食品基地去挖紫薯——他们学院在西郊那边还有几十亩地呢，种些有机瓜果蔬菜。文章题目却是'采菊东篱下'，紫薯是菊吗？完全两回事嘛。一个那么俗，一个那么雅。那个女的，哦，就是他们文学所的那个女老师，也是你们中文系毕业的，某个说不上名字的大专学校的中文系，最拿手这个了，明明俗，却装雅。偏偏他们院里的那些男领导，包括我husband，对她作兴得不得了。说还是文艺厉害呀！可以让事物起化学作用，把柴米油盐，变成风花雪月；把经济基础，变成上层建筑。

"去年人家就凭那些花里胡哨的食品名字，还有那些花里胡哨的美食软文，竟然评上了副教授。本来她写的那些东西，算什么？既不是C刊上发的，也不是核心期刊上发的，就在他们自己公众号上发发的破玩意儿，怎么可以用来评副教授呢？但他们院里为了她，专门给学校打了个报告，说她对学院产品的市场开拓，学院的应用学科发展，做出了突出贡献，是特殊人才。

"特殊人才呢！

"所以呀，虞，还是人家厉害，晓得另辟蹊径。本来她那种文学水平，如果在你们中文系，那不是小巫见大巫？但在食品学院，却稀罕成鲁迅笔下那棵用红头绳系着的大白菜了。

"而虞你这个北大中文系的大巫，却还在上着选修课呢。"

| 烟花 |

我蒙了,怎么说着说着,突然从芙蓉鱼转到我这儿来了呢?

这也太风马牛了吧!

难怪她的学生,会受不了。

我等着先生开口说"我有点疲倦"。这是他的口头禅,动不动就说的。他明天早上还有课呢,每回有课的前一天晚上,他都要早早休息的。他这个人,虽然是男人,却娇气得很,一向把自己的身体看得很重。做点事——哪怕是芝麻大点儿的事情,他都要好好将息。更何况"兹事体大"的上课,那之前绝对要养精蓄锐,之后绝对要闭目养神。包括房事,也是禁止的。一开始我不知道这个规矩,还主动过呢，但他不为所动地说"我有点疲倦"。

可周邶风的话，川流不息，先生压根儿插不上嘴。

他时不时瞄一眼我，想必希望我打断周邶风。

我偏不。是他留的客，为什么这时候要我来做恶人呢？

"再来半盅？"
"再来半盅？"

中间周邶风也会略微停顿，可没等先生开口，她就把空了的酒杯往他面前一倾，他只得又给她满上了。

这一回,一壶花雕,她喝了四分之三。

"我其实不会喝酒。"

临走时她还是这么说。

七

有一回,我从桂苑书店出来的时候,看到周邶风在隔壁的良品铺子,好像在买巴旦果杏仁之类的东西。

我没上前招呼,我刚买了石黑一雄的

《远山淡影》，打算下午看呢。

比起周邶风，我还是更愿意和石黑一雄消磨一个下午。

不过，也就看了几页，刚看到景子自杀佐知子出现，门铃就响了。

如果不是顾姨去开门，我会假装不在家的，我猜是周邶风呢。在木槿苑，除了查水电煤气表的，也就周邶风会不请自来。

果然。

"看书呢。"她一边坐在玄关处的条凳上换棉拖鞋，一边探头问。

我"嗯"一声,没起身,还一动不动地坐在阳台沙发上。

也不算很怠慢。毕竟我们已经如此熟络,虽不致可以"踞厕见之",但也不是郑重到"不冠不见"。

当然,我也是成心的,指望她有点眼色,早点走,让我可以继续看手上的书。佐知子这个女人一出场就让人欲罢不能,一个住在破败屋子里却用精致茶器喝茶的女人,下文会如何呢?我急切地想知道。

"给你拿了些巴旦果。
"你不是消化不太好吗?这东西富含膳食纤维,对消化极好的。

"它有天然的'植物化学成分',可以防癌呢。

"还美容。"

我过意不去。自打认识以来,已经吃了不少周邶风送的东西了。

"反正是别人送的,也吃不了。"

别人送的?

怎么会?

我明明看到她在良品铺子买的呀!

汤牡丽说,这是周邶风的风格,每回在和别人"一见如故"之后,就喜欢送人

| 烟花 |

东西。

女人一般手紧,但周邯风大方,比男人还大方。

你夸不得她身上的东西,一夸,她马上就要送你。

这倒是真的,有一回,我夸她胸前的一块玉玦好看,牙黄色和田玉,配上朱红色丝绳,天青色玉扣,古旧得像《红楼梦》里的人佩戴的物件。

她当时就把那玉玦从脖子上摘了下来,说:"送你呗。"

我目瞪口呆。这女人疯了吗？又不是几只螃蟹，或一坛酒，送了就送了，收了就收了。这可是玉玦！谁会送别人玉玦呢？也就《红楼梦》里的宝玉，一欢喜，把一个玉玦扇坠送给了琪官。

两人之间总得有点私情什么的，才好授受玉玦吧？我当然不敢受，虽然没受，依然被周邯风所打动。怎么说，也应该算十分贵重的"托物言志"吧？

可汤牡丽嗤笑了说，新来的人，谁没受过周邯风诸如此类的"托物言志"呢？

最初都会被打动的，然后渐行渐近，然后比翼双飞。

| 烟花 |

包括和她 husband 的恋爱都是这模式。和别人倒着来。中国式男女关系一般是男的授，女的受。但她送他衣物，送他手表，送他各种食材。日本刺参那么贵，她一送就是十几斤。那时他还是个讲师呢，手上没有任何项目经费。要做实验，食材都得自己买。所以经济方面十分拮据的。怎么受得住她这种好法，问她要什么？她说，只要你。

她是真的"只要你"，如胶似漆地要，密不透风地要。

他呢，应该是怀着"小生无以为报"的心情吧？就如胶似漆地给，密不透风地给。

一开始确实是这样的。包括和她的儿子。

周邺风的儿子，青出于蓝而胜于蓝，不仅长得蔚然深秀玉树临风，还在清华读书。

——好在她生了这么个儿子。汤牡丽说。

母子关系是后来才出问题的，一开始也是密不透风的关系。

路上都是搂着的，周邺风喜欢这样。她和她老公还住在八栋的时候，两人下个楼梯也要紧紧搂着，那一颠一颠的样子，像两只交尾着的昆虫。

| 烟花 |

恶心。八栋的女老师说。但周邶风怎么也嫌不够似的。大半夜她会跑到儿子的床上,抱着儿子的背睡,说冷——那时儿子都一米七多了。

周邶风怕冷,尤其夜里,哪怕是大夏天的夜,她也说冷。

儿子给她买了热水袋,但用不了一两次,就坏了,或者不见了。

有一天儿子终于把她推到了地上。

周邶风倒没有多伤心,她好像有所准备似的,反正事情到了最后总会这样的。

不过，即使这样，儿子也还是护着她的。

一边憎厌着，一边又护着。

院长如果在该回家还没有回家的时候，儿子就打电话，也不说话，金口玉牙般不开口，只用气声，"嗯"或"哼"，院长一听到这个，就说"马上，马上"。同事们在背后把院长叫"马上"呢。

"马上"在办公室吗？
"马上"来了吗？

院长知道后也不介意。只要和儿子相关，哪怕是负相关，他也甘之如饴。

要不是这样,周邶风院长夫人的位置怕是岌岌——觊觎者可不计其数呢,包括那个给西红柿烧茄子取名"姹紫嫣红"的女人。那女人单身了好几年呢。

也是奇怪,这个男人打事业风生水起之后,形容都大不一样,简直有脱胎换骨之变化。若仔细看,也能看出几分他儿子那种蔚然深秀的成色。仿佛因为儿子,他的优秀本质才得以被逆推被发现。

可在周邶风那儿,他却是"没人要的",周邶风从不讳言这个。逢人就说他当初如何如何落魄,如何如何拮据。学校里的人,包括学院里看门的大爷,包括教学楼打扫厕所的保洁阿姨,都知道院长的黑历史。

但儿子洗白了他。

所以,不论他在别处如何威风凛凛,可在儿子面前,他一直是看脸色行事的。

这世上,也就儿子,他是秋毫不犯的。儿子是周邯风的免死金牌呢。周邯风和我的来往,差不多维持了一年多。

说老实话,我早就受够了她的"再来半盅?""再来半盅"。

但先生不知是被周邯风那"反正是别人送的"一坛又一坛的好酒笼络了,还是被周邯风在我家厨房做的美艳无比的食物笼络了,比我对周邯风更耐心。

| 烟花 |

我没法耐心,对一个喜欢在我家厨房烹庖的女人。

我倒不是对厨房有强烈的主权意识,甚至经常生出反厨房的情绪,但看一个别的女人娴熟地使用自己厨房,还是觉得别扭。

"要不尝尝我手艺?"这句话,已经成了周邶风的口头禅了。而先生照例是要"惊艳"的。周邶风照例激动得满面绯红。"这算什么?下次我给你做某某菜。"每次被先生惊艳后,周邶风都会这么来一句,下钓饵似的。

而周邶风的"下次",往往就在第二天,或第三天。

她还自带了"某某菜"的食材,以及"某某菜"所需的稀罕作料,比如肉桂,比如罗勒和鼠尾草。这种东西我家厨房是不可能有的。事实上,要不是周邶风,我连这些东西是什么都不知道呢。

先生说,他这才发现他以前的食馔质量有多差,差到说"茹毛饮血"也不过分。

我也承认我的庖厨手艺和周邶风比起来有不小的差距。谁不想"食不厌精脍不厌细"?我也想的。所以,不只先生,其实我也十分贪恋周邶风厨房里的好。

我甚至带点中年女性的打算和刻薄心

理看待这事——就当请顾姨了,顾姨一小时还要三十块呢。

有什么理由不喜欢周邶风呢?

八

后来我反省过——在周邶风死后——自己和周邶风断交的原因。

如果不是她喝得醉醺醺后留宿我家,我们的交往会不会再藕断丝连一段时间?

有几次，在她自己主动"再来半盅""再来半盅"之后，醉了。

醉了的周邶风无论如何也弄不醒，只能在我家书房的沙发上过夜了。

书房是先生的领土，一次两次还好，三次四次呢，他就不高兴了。

"她怎么这样？"
"她怎么这样？"

之后，他对她也不怎么待见了。

我和汤牡丽说过周邶风喝醉的事，汤牡丽说，她那是佯醉！别说半壶酒，就是一壶，也喝不醉她。她老说"我不会喝""我不会喝",以为别人不知道她是酒鬼呢。你下次去看看她家的衣帽间,里面藏的全是酒。

佯醉?为什么?

不想回家呗。

为什么不想回家?

谁知道。反正以前她在我家沙发上也睡过的。有一回,我老公半夜起来小解,差点儿被她吓死,她披头散发地站在客厅里。后来我老公就交代我不要惹她了。

她也吓过我的。我夜里起来到厨房喝水,她突然从背后趋身过来,轻声叫,虞——那真是惊悚!

"你帮我看看这儿。"

亮晃晃的灯光下,她突然把衣裳撸了上去。半个身子,就那么一览无遗地裸裎在我面前。

她个子比我高,又站得十分近,右胸上突出的暗红东西,快要碰到我的鼻子了。

我窘得不行。打成年以来,我还只在电影和美术馆里看过别的女人的胸呢。

那些胸尖,都美艳动人,一如枝头含苞待放的玫瑰。而鼻子前的这东西,

| 烟花 |

却像是放了好几天的荔枝,暗黑,皱褶,干巴。

《画皮》一样惊悚。"是不是出了疹子?"她问。疹子倒是没出,但她右胸近腋下的地方,有些红肿,被抓挠了似的。"你家里有没有药膏?""好像有一瓶青草药膏,但不知放哪儿了。""会不会在书房抽屉里?"她提醒。

或许。我家的各种药,一般都放书房抽屉。先生是个喜欢吃药的人,鼻塞了要吃药,咳嗽了要吃药,胃胀了要吃药。他也喜欢买药,人家去巴黎会给老婆买个LV(路易·威登)包或香奈尔香水什么的,他买回一种叫Dulcolax(杜尔科拉克斯)的便秘药,因为我有便秘的毛病。那瓶青草药膏也是某次他到泰国开会时买的。这些药,我习惯放书房,方便他拿。

但这大半夜的,我懒得去书房。

"早上给你找吧。"我打着哈欠说。
"现在不就是早上?"

我看一眼墙上的夜光石英钟,才四点多呢!

"虞,你还睡得着吗?要不——我们到书房喝杯茶?反正马上就天亮了。

"或者就在厨房喝。我发现,从你家厨房的窗户,可以看日出呢!"

看日出？她疯了吗？就算我家这一栋在苑最东边，就算东边是光秃秃的停车场，也不可能看见日出啊！

我明白过来了，所谓找药膏看日出，都是借口。原来她睡不着，想让我陪她度过这黎明前的黑暗时光。

说不定她早醒了，或者压根儿没睡，一直侧耳听着我们房间里的声音。所以我一出来，她就跟着从书房出来了。然后就用各种借口拖延我。

我至今还记得她声音里的藕断丝连。

那藕断丝连，在半夜，有一种孤苦无依般的软弱。

也就是因为那孤苦无依的软弱，吓到了我——怕被她一直纠缠下去，没完没了。

于是我心硬起来。

我本来不是一个心硬的女人，但不知为什么，在周邶风这儿，我就能心硬得斩钉截铁。

后来想，如果当时我愿意站在厨房陪她聊聊，像真正的闺蜜那样，事情会不会好一点儿？

九

许是因为我流露出了疏远的迹象。后来的那段时间,她来得愈稠密了。仿佛来日不多似的。

我的课表她是知道的,只要我没课,她就来按门铃了。

因为这个,我需要戴耳机看书或做家务,不然,就算我不开门,依然会被扰得心烦意乱。周邯风按门铃很有特点,短促、犹豫,半按不按的,好像按门铃的人没有把握他要找的是不是这家人家。按一下,然后等上几秒,又按一下,又等上几秒,有一种小心翼翼的执拗。

直按到有人开门。

有时我会故意外出。天气好的时候,骑一辆小黄车去艾溪湖湿地公园走一走,或坐一坐,看湖水在阳光下波光粼粼,挺好,至少比和周邶风在一起好。但入冬后,就不能在外面待了,冷。后来我发现了一家叫"侘"的书吧,就在我们木槿苑北面不远,走路大约十几分钟就可以了。偶尔我就去那儿待着了。

但"侘"好是好,就是不能白待,一杯拿铁二十块,一杯苹果汁十八块,还只管用两三个小时,两三个小时之后,那个长着鲢鱼眼睛的店员就会过来关切地问:

"还需要什么吗?"

没办法,只能走,或者再"需要"一杯拿铁一块三明治什么的。

这时候我就怪周邯风,就因为她,我才"流亡"至此的。

可这样的流亡时光没多久也结束了。有一天,我在"侘"碰到了周邯风。"你在这儿呀!"

她说她正好从"侘"路过,进来看看,没想到,竟然看到了我。

她诡谲的笑容里,满是揭穿了我阴谋的得意。

我怀疑周邶风跟踪了我。

这激怒了我,难不成我要一直被闺蜜吗?

在所有人的眼里,我是周邶风的闺蜜。但我只是被闺蜜了而已。被闺蜜!

周邶风最后一次来我家,是挑了顾姨在我家干活的日子来的。

她带了"别人送的"鳗鱼过来。

"你不是爱吃鳗鱼饭吗?"

这也是我恼羞成怒的原因之一,她一直用这种小恩小惠的方式对我。还有我先生。好像我们是贪图小利的人。所以我才让汤牡丽过来呢。那天是周二,我知道周邶风会过来的。

也是临时起的意。汤牡丽正好打电话过来,她问我有没有《驼庵传诗录》,她正写一篇关于顾随先生的论文,想查证点儿东西。几天前她听我提到过这本书。我本来周二开会时带给她就可以的,她也是这个意思,反正也不急。但我请她到家里来拿,她当时听了还愣了一下。我们虽然是一个教研组的,也虽然时不时会聊几句,但还只是同事关系呢,还没到过彼此家里呢。

所以汤牡丽乍一听我这建议,就意外

了，不过意外归意外，还是答应过来了。

于是周邶风那天一说完"你不是喜欢吃鳗鱼吗？"这句话，转脸就看到了汤牡丽，汤牡丽坐在阳台的藤椅上，一边喝着茶，一边翻着《驼庵传诗录》。

周邶风一时间有些手足无措，就那么首如飞蓬地站在半明半暗的玄关处——她到底还是经不住小白师傅的劝说，做了烟花烫了——她鼻翼两边，还有眼袋下方，在孔雀绿披肩的映衬下，呈现出一种蛇蜕般干枯的灰白，仿佛轻轻一碰，就会纷纷脱落似的。"汤老师也在呀。"她有些窘迫地招呼。

汤牡丽抬头，矜持地笑笑，没说话，又接着看手上的《驼庵传诗录》了。

那天周邶风放下鳗鱼就走了。

从此再也没来过我家。

之后我们还遇到过几次，在桂苑的青砖小径，或在学校某个地方，每次我都和汤牡丽在一起。

那段时间我和汤牡丽走得十分密切，都是我主动的。

这很恶毒，我也知道的。但我那时就是鬼迷心窍般想斩草除根。我不要周邶风对我还抱有念想。

十

周邶风是死后好几天才被发现的。

隔壁胥教授家的猫,那几天总往周邶风家阳台跳。他们两家阳台的隔墙封得不是很高,猫纵身一跳,就能过去。胥教授以为周邶风又在用鳗鱼引诱她的猫了。她的猫嘴很刁的,一般的鱼对它完全没有诱惑力。不过隔墙那边浮过来的味儿好像不是烤鳗鱼的甜腻肥香,而是有点儿怪怪的。是什么味儿呢?她也说不上来,有点儿腥,又有点儿酸腐。难道周邶风在拿坏了的鳗鱼喂她的猫吗?胥教授有点儿狐疑。但也就有点儿狐疑而已,她不想过去求证。那样的话,就正中周邶风的下怀了。周邶风之所以引诱她的猫,其实是"醉翁之意不在酒,而在山水之间"呢,而"山水"就是她。她开始不知道。每回她家的猫一过那边,就不回来,不知为什么。她家的猫本来很学院派的,不爱串门,平时除了躺在沙发前的棉垫上看宫崎骏的动漫,就是躺在阳台上眯了眼打盹。她去敲周邶风家的门,怕她的猫打扰到人家。后来发现不对,她一过去,不但抱不回猫,连自己也脱不了身了。周邶风有办法留住她。"胥老师,有一个哲学问题我搞不懂,想请教请教你"——胥教授是搞哲学的,有和别人谈论哲学的爱好。所以周邶风这么一说,胥教授就不走了,开始和周邶风谈哲学。可哲学这东西，深奥得很，哪是三言两语讲得清楚的？没关系，周邶风准备了茶和烟——胥教授在家抽烟不怎么自由的，自从某次体检时查出了她的肺有毛病之后，她先生就开始管她了。可在周邶风这儿，烟随便抽，万宝路、kent（肯特），都是细长的女士烟。她是老烟枪，抽这种烟其实不过瘾。"别人送的。"周邶风说。胥教授也就不挑嘴了，聊胜于无吧。能一边抽烟，一边谈哲学，一边还有人认真听，已经不错了，差不多算是人生中美好的时光。所以有段时间，胥教授动不动就去周邶风家过"美好的时光"。后来才发现周邶风压根儿没有认真听，她对哲学的兴趣是假装的，之所以请教她一个又一个哲学问题，之所以准备好"别人送的"烟,不过是让她抽不了身,让她一直坐在她家的沙发上。她那么多哲学的妙语,对周邶风而言,不过是给世界增添一点儿声色而已。和留声机意义一样,和房间里的花草植物意义一样。反应过来的胥教授就愤怒且轻蔑了。她看不起不自立的人,一个精神不自立的人,说到底不配做一个知识分子。

周邶风就是一个家庭妇女,胥教授对她先生说。

于是,她和周邶风那段基于"哲学"的交往,结束了。后来猫再去周邶风那边,她无论如何也不过去抱了。到了它该回来的时候,她就放宫崎骏的《龙猫》,

把声音调大。它一听到这个,就从阳台那儿跳回来了。

但这一次十分奇怪,她已经把声音调到最高了,也不见它回来。

而且从阳台那边飘浮过来的味道愈来愈不对了。她觉得蹊跷,让先生过去看看。先生去敲门,没人应。怎么回事?胥教授于是给保安打电话了。这才发现周邺风已经死了好几天了。

她的狗,Gatsby,很诡异地死在另一个房间——那是周邺风老公平时使用的房间。

其状惨不忍睹。保安推开周邶风那间房门时,最先看见的是一只紫黑色的耳朵。耳朵上,还戴了绿松石耳钉。她侧身蜷曲着,看上去比 Gatsby 大不了多少。法医验了尸,是食物中毒。周邶风和狗的胃里,都有一种叫角鳞灰的鹅膏菌。是一种极毒菌,只需小小的几朵,就能毒死一个人一只狗。可周邶风怎么会乱吃蘑菇呢?一个大学老师,也不是没有常识的妇孺。

"如果她老公在家就好了,他是食品专业的,肯定能认出毒蘑菇。"有老师说。

"说不定就因为她老公是食品专业的呢。"也有老师说。

这话听起来似有所指,大家不作声了。

毕竟是无稽之谈。周邶风死的时候，她老公还在日本札幌呢。他们食品工程学院打算和札幌协和食品株式会社合作，他过去考察已经半个月了。

周邶风的追悼会我没有参加，汤牡丽倒是问过我，要不要买束花过去，但我冷冷地拒绝了。

我再也没理过汤牡丽。也没有去过"侘"。我知道这没有任何意义。

你好大圣

吴君

一

刘小海到深圳打工近三年，一直没有回过家，就连报平安的电话也不肯打回一个，为此作为母亲的刘谷雨常常感到做人很失败。

在家隔离的这段时间，刘谷雨更有时间想事了。从过年到清明，刘谷雨如同放电影，把能想到的坏事儿在脑子里过一遍，然后隔几分钟就会刷下手机，了解深圳的情况。到了3月底，刘谷雨再也躺不住了，第一个念头便是回深圳，如果有可能，刘谷雨希望重操旧业，做回自己的老本行，这样便可以留在儿子身边，免得牵肠挂肚，放心不下。

刘谷雨当年把儿子放置老家，自己则在深圳打拼，时间长了，母子关系自然欠佳，到了后面，连正常的沟通也难以进行。意识到的时候，已经晚了，昔日的刘小海长成大人，再也不会让她抱，让她陪着，连问句话也不回应。刘谷雨这边刚刚办了辞职并坐上火车，儿子刘小海那边则与同学一道跑到了深圳实习，并留了下来，地点还是她待了二十年的固树。这样一来，刘谷雨不得不相信命运，她觉得这是老天故意捉弄她，让她连后悔补救都没机会。

直到农历三月三这天早晨，远在深圳的工友又提醒她，说刘小海出了公司大门，身边还有几个可疑的陌生人。虽说新冠肺炎疫情没有之前那么严重，可也不能这么不小心吧，外面的人到底是哪里过来的，谁都搞不清楚。刘谷雨在脑子里想象着工友描绘的场景，越发害怕。河南到深圳的高铁通车之后，刘谷雨的心就曾活泛过，她计算过回深圳的时间。只是一直没有契机，直到这次疫情，才让她重新有了理由和勇气。刘谷雨在心里面嘀咕，去深圳为什么需要别人同意，那是我个人的事，除了那个该死的刘国平，当年我可是谁的意见都没征求，当然，那个男人最后也是放了她的鸽子。而这些事，她只能压在心里，不仅如此，她还要故作潇洒，刘谷雨认为只有活得更好,才能报复到刘国平。否则这些年的苦真是白受了,最关键的是影响了她的命运。

在家憋了三个多月的刘谷雨彻底下了决心,她不想再等了,似乎再晚些刘小海就会失联了似的。于是她准备试探一下刘小海的态度。她先是打通了儿子刘小海电话,婉转地表达了自己的意思。这么重要的事当然不能瞒着,刘谷雨可不想在街上见到刘小海,到时母子二人走了一个正对面,到那个时候,刘小海可能真的会与她反目成仇,届时局面将更加无法挽回,刘谷雨不敢再想。

如她所料,刘小海并不想听那些关心

他的话,而是质问了一句:"深圳是你这种人待的地方吗?请你把身份证拿出来认真核对一下自己的年龄。"

刘小海向来的风格是在电话里怒吼,眼下突然换成冷静,只是这种冷静果然超冷,让刘谷雨听了手脚冰凉,虽然她暂时地放下了心,第一,刘小海说话了,她听到了关窗的声音,说明是在室内。第二,把心里话讲了出来,身体立马轻松许多。刘谷雨心想,老娘可是工业区的名人,当过先进,厂里的哪个活能难倒我。只是她暂时还不想把这个底儿告诉儿子,刘谷雨认为这是最后的底牌,她要让儿子明白,自己是一个了不起的母亲,虽然没有陪在他的身边,却有一个骄傲的过往,玩具行业的事，难不倒她。要知道作为一个在职业能力比赛中获得过大奖的技术能手，刘谷雨的大照片曾挂在公司的荣誉室里，供人参观。

"人生有多少个二十年，我在深圳的时间比在老家的都长，不熟悉深圳我熟悉哪，所以你不要担心我啊。"说完这句，刘谷雨笑着对着镜子，用另一只手比了个V字，然后扭了下屁股，她发现自己胖了，如果要出门，还真的需要减掉几斤。

刘小海说："我不是担心你，而是担心我自己。"刘小海反感刘谷雨的这份不信任。"是啊是啊，我也是担心你。"说完这句，刘谷雨才想起刘小海这话的真正用意，他担心的是两个人见面后可能会发生不愉快，甚至是冲突。到了那个时候，谁也回不了头，至少眼下井水不犯河水，眼不见心不烦，各自相安无事。因为有次刘谷雨在电话里提出："我们可以见面聊聊，看看是否可以缓和关系，我也知道自己有很多缺点，可是改正也需要一个时间嘛。"说完这些话，刘谷雨便发现自己用的是外交辞令，根本不像一个母亲。刘小海听了，冷笑一声："大姐我们最好是零交流，于你于我都比较保险你信不信？"刘谷雨碰了钉子，只能苦笑，她再次觉得人生没有后悔药可吃，出来混都是要还的。刘谷雨想起港产片里这句著名的台词。

怀刘小海的时候刘谷雨23岁，正赶

上香港回归，作为流水线上的拉长，一位戴过大红花，被劳动局评为技术能手，上台领过奖的玩具厂女工，刘谷雨荣幸地参与了大合唱，与其他能手共同庆祝回归时刻，那是何等地幸福和荣耀。刘谷雨被厂里的姐妹嫉妒得要死，平时最好的几个都不再和她说话，就连刘谷雨拿了奖金说请吃夜宵看录像也没人搭理，组团把刘谷雨当成了空气。没过多久，刘谷雨便回到老家生下儿子，取名刘小海。等她坐完了月子再回到深圳的时候，男人竟找了个性格不合的理由离她而去，从此刘谷雨的好运气似乎也被对方带走了，随后她经历了公司股东撤资、欠薪、上访、技术升级改造、腾笼换鸟等一系列事情，而她个人的那些恩怨变得不值一提淹没在各种颠簸中，好像摆出哪件都显得小家子气了。这样一来，刘谷雨只能认栽，毕竟在深圳无亲无故，没有什么地方可去，更无人可以诉苦，毕竟前面秀过的恩爱，这一刻都成了打脸的凭据。尤其是她老家的父亲，认定这是他落选村委委员后的第二次失败，一气之下，离开了刘家庄，去了驻马店打工。到了这一刻，刘谷雨才感到雪上加霜，不仅没有气到刘国平，还把自己搞得更加狼狈，至少生出的儿子不能退回肚子里吧，放在家里的刘小海没人管了。

刘小海一出生便留在漯河，先是由老人带，后来被丢给了舅舅，再后来刘小海成了野孩子，他谁也不想依靠。有次他跑到离家最远的南山，爬到中间的时候，他见到了一条小花蛇，刘小海被吓得哇哇大哭起来。下山之后，他认为自己不需要大人也能活下去了，等走回家里，刘小海觉得自己的心肠硬了起来。

刘谷雨每年春节回去，见到的刘小海都不一样，除了不断长高，脸上的肉变成了横的，也极少讲话。刘谷雨希望有人可以从中调解一下，却没有人愿意搭这个腔。

谁都清楚深圳这两个字，无论在哪里，都非常耀眼，本该像个勋章那样别在父母和亲人们的胸前，可因为刘小海的到来，成了污点，不仅家里人绝口不提，连外人说起来，也是态度暧昧，躲躲闪闪，好像刘谷雨做了什么见不得人的事。家里人从刘谷雨把刘小海生在娘家这天开始，便开始了嫌弃，他们觉得刘谷雨没脑子，去了趟深圳，除了带回个孩子什么也没挣到，把家里的脸丢尽了。他们把刘小海的孤僻叛逆归结为他有个不着调的母亲。这样一来，刘谷雨也没法解释了。这种气氛刘谷雨感觉得到，当然，辞工回到家之后会更加明显。刘谷雨发现自己的身边空空荡荡，连个说话的人都没有了，也没人问她你在深圳怎么样啊，似乎早就想好了要把她晾在一边。刘谷雨看着那些在她家门前绕着走，而又时不时回头张望的男人、女人，特别想追上去问个明白，我到底怎么了，你们凭什么这样。可转念一想，觉得那样去问人家就更傻了，这些年自己做的傻事难道还不够吗。第一件便是商量好了一起进城，最后刘国平反悔。第二件便是为了气刘国平，她快速把自己嫁了并生下孩子。

二

村里人聊天的时候，有时在自家门口，有时则会选在刘国平的超市门前，这让刘谷雨很烦，她的状况谁清楚了也没关系，反正她不想与之来往，可是她不想让刘国平知道。两个人从小学到高中都在一个班，每天天还没亮便各自踩了一辆单车会合上路。高三下学期，有一天，刘谷雨想和对方商量些事，特意没有骑车，而是跳上刘国平自行车的后座，这一坐便是半个学期。再后来，话题开始分叉和复杂，有时候，见刘国平不表态，刘谷雨会气得跳下单车，自己走，刘国平只好推着车跟在后面，央求刘谷雨，说："算了，是我错了，求求你行了吗，不要闹了，给人看见会笑话的。"刘谷雨说："看呗，都看见才好呢，我不怕。""唉，你真的不怕呀，人家会说我们是两口子的。"刘国平说完不怀好意地笑了。刘谷雨气得大叫："呸呸！谁和你是两口子！除了算账你什么都不会。"刘国平只好求饶："对对，我啥都不会。"两个人商量的当然是进城打工这件事。那个时候，谁的心又在村里呢。

刘谷雨盯着刘国平口袋里的《深圳青年》问:"你要去深圳吗?""没有啊,随便翻翻。"除了村委,刘国平的家在全村最早安了电话,只是这种东西很多人没有机会使用。刘国平还会带些小商品到学校,电子表、蝙蝠衫、方便面,他的这些宝贝多是深圳和石狮那边过来的,有时他还会把这些东西卖给同学。

刘谷雨从小到大皮肤不错,一张脸鼓鼓的,像个娃娃,遗憾的地方是身材一般,主要是胖,浑身上下哪里都是圆圆的,所以比较自卑。每次想起这个事刘谷雨都会很烦,走路的时候只好躲着那些玻璃窗和镜子,有一次刘国平送了个小镜子给刘谷雨,也让刘谷雨生气,认为对方有意在奚落她。尽管她用尽了全身的力气和方法，还是瘦不下来，有人说是隔代遗传，这就让人没办法了。为此，刘谷雨和城里女孩子一样，愿意看电影演员，她求父亲帮她订了全年的《大众电影》想要学学明星的穿衣打扮。刘国平对成绩不在乎，反正家里总是劝他学做生意。他担心影响了刘谷雨，所以没有退学。有时他会检查自己单车后胎，担心影响了他和刘谷雨第二天上学。每到这个时候，就有人笑他："刘国平，你这是陪老婆上学啊。"刘国平听了笑嘻嘻地说你才陪老婆上学呢。

这些事情他不会让刘谷雨知道，用刘谷雨的话说就是刘国平花里胡哨，没有正经事，什么事都听家里的，没什么鬼用。

有一次刘国平带了件牛仔上衣给刘谷雨，说"如果你觉得好先拿回去穿。"他知道刘谷雨最怕人家说她穷。

刘谷雨用眼睛打量了这件衣服，心想如果穿，头发要放下来，还要用夹子卷一下，里面要配上那件红毛衣。想到这里刘谷雨问："穿脏了你怎么卖呢？"刘国平想了下说："那就不用还了，权当帮我做了广告。"刘谷雨看了看刘国平书包里的衣服，眼珠子转着，想了一会儿，最后她放下衣服，不屑地说，"你还是另请高明吧，这些东西不适合我。"

有一天晚上，刘谷雨去村东头的小店里买盐，顺便找刘国平说个事情。看店的正是刘国平,这一晚他的父亲也不知道去了哪儿。

掀开棉布帘子,刘谷雨发现店里的气氛与往时有些不同,有种异样的感觉。首先是炉子里的火比平时都旺,偶尔还会发出噼里啪啦的响声,如同过年时,小孩子们甩了出去的小鞭,每响一下,都会让人打个激灵。接着,刘谷雨看到柜台上多了台录音机,里面里正放着歌曲,那是刘谷雨并没有听过的粤语歌,因为这音乐,空气中似乎有一层薄薄的雾在弥漫着。村里面的几个年轻人都在,有两个去了外地,这一次是回来过年的。刘谷雨的记忆里,他们从来没有这样聚过。此刻,他们说话的声音和神态怪怪的,连身体动作也是那么夸张，脸庞显得肿胀而红润，他们的眼睛里正放着奇异的光，像是喝了酒。刘谷雨并不知道什么情况，直到又过了一两分钟，她才看到柜台上面平放着一张张海报，"四大天王"、林青霞、李嘉欣、梅艳芳等人都在里面。此刻，村里的青年们有的伏着身，有的靠在墙上，眼神偶尔会有意无意飘向这些海报。刘国平也在其间，这一次他没有站在柜台里，而是像一名顾客那样，站到了外面，他的一只手潇洒地插进裤袋。刘国平与村里的青年们靠着墙，似乎热烈地谈论过什么，手里还拿着点着一支不死不活的香烟，他们偶尔会故作老练地放在嘴边吸两口。奇怪的是刘国平竟然没有看刘谷雨，甚至连正常的招呼也没有打。刘谷雨第一次看见刘国平这个样子，不知道为什么，刘谷雨的心慌乱起来，隐隐感觉到这些人之前的话题与她有关。像是为了掩饰，刘谷雨把脸扭过去看别的商品，她知道这些人的眼睛已经溜上了她的后背，然后又迅速回到了刘国平的脸上，他们交换着眼神。刘谷雨难受极了，要买盐的这句话都不知道如何开口。见对方还是没有搭腔，刘谷雨只好背对刘国平，眼睛看着落满灰尘的门框问："你那种年画多少钱一张。"

刘国平听了，只重重地咳了一声，便没了下文。刘谷雨发现刘国平的声音有些异样，随后，刘谷雨听见了刘国平阴阳怪气地说："我这里可不卖年画。"说完，便是几个人的笑声。

这样一来，刘谷雨便显得有些狼狈了，她不知道接下来该怎么办。又不知道该不该马上离开，显然对方猜到了她的心，知道她不会离开。

她这次是过来还钱的，刘谷雨的父亲赊了店里的账，就连《大众电影》也是刘国平帮着垫上的钱。刘谷雨恨自己不争气，她本来可以一走了之，可那种她听不懂的歌曲是那么地奇妙，她的身体像是被施了魔，无法控制。刘谷雨重新拿起这些海报的时候，心还在砰砰乱跳着，可是她的嘴却还是那么的强硬："你看上面连日历都没有，我是指太小了。"说完话刘谷雨轻轻地把海报捋好，一张脸对着黑乎乎的窗外。刘国平说："有了日历反倒容易过期，一般也不会进货的，再说了又不是要贴到操场上去，要那么大干吗。"

玻璃罩下面的肉肠散发着诱人的香气，不断搅动着她的胃，如果在平时，刘谷雨会动心，可眼下，她在恨这些东西，也恨自己的弟弟们免费吃过这些东西，被人抓住了把柄。刘谷雨没有想到刘国平用这种话来讽刺她，显然是看不起她。上一次她和刘国平刚提到挣钱这个话题，刘国平便提出要送衣服给她，这让刘谷雨细想之后很生气，觉得对方的意思很明显，就是暗示刘谷雨太穷，需要他们家的施舍。刘谷雨明白了，刘国平与这些人在嘲笑她，他们用这个方式奚落她的那些假正经。

出门之前,刘谷雨终于把心里的话说了出来:"好好守着你的店,看着你的钱吧,请你放心,他欠的我会一分不少还给你。"刘谷雨从店里冲出来的时候,北风刮得正猛,吹透了她的衣服。她恨自己的父亲,她白白要了多年的志气,都被父亲毁了。

三

刘谷雨想到刘小海的话,忍不住生了气,什么叫你这种人,我怎么了?老娘在深圳的时候,还没有你呢,再说了,我也没有那么老吧。刘谷雨在心里总是把自己当成二十几岁，行动上也是如此，浑身有使不完的劲，心里有说不完的话，只是她时常需要克制自己，否则她会在村里跑上几圈，并停在刘国平的门前，质问他一点什么。

刘小海似乎听见了刘谷雨没有表达的部分，他甩过一声冷笑："果然如此，现在老了寂寞了，就想起还有个儿子，如果是我，也肯定不想回家，所以呢，本人表示理解。"

刘谷雨像是玩笑，实则哀求："妈咪这不是知错就改吗，你要给妈咪一个机会呀。"刘小海自懂事起，从来没有叫过刘谷雨一句妈，甚至有一次和刘谷雨吵架的时候他发着狠说我没有爸也没有妈，他们早死了，所以刘谷雨只能用港台剧的叫法表明自己作为母亲的身份，不然她又能如何。

2019年的冬天过得很慢，到了春天的时候，显得无比珍贵，似乎被人寄予了某种寓意。树木在一夜之间变成了绿的，房前屋后的鸟儿也多了起来。在老家的每一天刘谷雨都觉得孤独，就连村里的那个永远也不老的傻子也离开了这个世界。他曾经像个路标那样，一年四季站在村口，和每个回家或者上路的人打招呼、微笑。刘谷雨不仅找不到人说话，就连当年在东莞太平淘的靓衫也没有机会穿。村子里既没有风,也不见雨的样子,就连苍蝇的嗡嗡声也没有了。刘谷雨看着太阳拖着巨大的影子在门前移动,慢慢退进别人家的墙角,最后没了踪迹。天快黑的时候,刘谷雨才从门口的躺椅上站起来,回到厨房里做饭、吃饭、洗碗、洗漱,不到9点便躺在了床上。刘谷雨根本不饿,也根本不困,她觉得在这个春天自己已经变成了村子里的柳絮,飘在半空中,即使没有风,也能吹走。

生活就这样日复一日,没有盼头。刘谷雨觉得自己的身体虽然早已回到了家里,心却还留在了原地。

像是为了刺激刘谷雨,坐等她的笑

话，刘国平每天都坐在不远处的椅子上面，悠闲地喝着茶。虽然没有看她，可刘谷雨觉得对方全身上下长满了眼睛，誓要扒出她的伤口再狠狠剜上一刀。刘谷雨迅速转开了脸，去看脚边四处乱窜的蚂蚁，她在心里恨着："我知道你过得好，可那又怎样，老娘不求你，不会再被你耍了。"刘谷雨在深圳的时候厂里买了社保，到法定退休年龄，便可以拿到退休金。想到这里刘谷雨又有了安慰："过两年我就可以拿到深圳的钱了，而你呢，一辈子没有出过县城，没有进过省城，有钱能怎样，还不是一只没有见过世面的土鳖。"刘谷雨过去不会说这种狠话，不合她的身份，可现在她喜欢，因为解恨。自从与儿子的关系搞成了这样，刘谷雨恨了所有人，也包括自己，如果能解决问题，她特别想扇自己几个耳光。

村里的人似乎约好了，个个躲着刘谷雨，把她当成了一只怪物。最初，刘谷雨也故意装作不在乎，无所谓，可随着时间的推移，她开始对后面的生活发起了愁，毕竟距离拿退休金还要两年多，总不能这样闲着坐吃山空吧，那点存款能花多久，怎样才能与退休金无缝对接呢？她还没有完全老，虽然眼下吃喝不愁，可是人闲心不闲，对于这种没有计划的生活，她感到了前所未有的恐惧。对于未来，刘谷雨不是没有过计划，她曾经想学着别人的样子开个网店，把村里的菜、水果、花生收过来，在电商平台上卖出去，可到底行不行，她心里还没有底。另外怎么收集，从哪里着手，先联系谁，她都不清楚，也不愿意去看村里那一张张熟悉的冷脸。事情被她想来想去，拖了一年，这份心也就慢慢淡了。

直到有天早晨，刘谷雨还赖在床上和工友在微信里聊天，话也是东一句西一句，没有主题。两个人是半年前联系上的，知道对方和刘小海都在同个工业区，连宿舍的距离也很近，刘谷雨便有了私心，希望对方能替她照应一下儿子，至少有事能够先给她通个气，免得她什么也不知道。只是这个工友反馈回来的信息都是负面的，比如看见刘小海没有吃晚饭便心事重重地出了门，或者刘小海瘦了，脸色也非常难看。刘谷雨心悬着:"刘小海去了哪里呢?遇到了什么事吗?他是不是生了胃病,才不愿意好好吃饭。"对方也只会潦草地说那就不知道了之类。这些话只能让刘谷雨着急却又搞不清楚具体情况。偶尔闲聊两句也都是虚的,比如对方说还是当年好,当年厂门口那个四川人做的辣椒不仅便宜还特别下饭,或是某某回到老家就盖了大房子,或是谁谁留在了深圳,当年偷偷学了美容,现在都有了门店,做起了老板娘,还有的学了财务,帮几家公司做账,日子过得不比那些管理层差。再比如,现在我们都老了这类感慨。可是这一次,工友说的不一样,她说:"你不如回来,深圳可是我们的第二个故乡。"

对方猝不及防的这几个字横空杀出之前，缺乏铺垫，刘谷雨也无预感。这一刻她捧着手机愣在原地，大脑空白的同时，泪水在眼圈里打转。这么多年来，还是第一次有人告诉刘谷雨深圳也是她的故乡。

整整一天，刘谷雨不想吃饭，不想睡觉，她觉得脑子一整天都是木的，只有到了晚上才会异常清醒，横冲直撞出许多当年的人和当年的事。人生有几个20年啊，她刘谷雨在深圳待了那么久，差不多是半辈子，怎么就不敢这样想呢。在深圳的时候她没有好好生活过，至少荒废了孩子。在老家，她活得像个孤儿，被人扔在一边，没人搭理。工友的话在脑子里回旋了一整天，到了晚上，刘谷雨躺在床上，还是没有消化掉,脑子里全是工友们站在院子里聊天,然后跑到门口吃东西、喝啤酒、对着深蓝色的夜空大声唱歌的情景。

失眠的刘谷雨脑子里全是些旧事,包括与刘国平热火朝天讨论了那么久,憧憬得那么好,连备用的东西都准备得那么齐,最后却是她一个人上路,包括后来发生的一切,她又能和谁说呢。

醒来又睡着,就这样反复了多次,刘谷雨不再是原来的刘谷雨,她在黑夜里不断产生幻觉,一会儿是在山路上,艰难地推着单车,一会儿是车间,她累得筋疲力尽,手总是抓不到运到面前的零件。不知何时,刘谷雨骨质增生的地方竟慢慢增生出一对细小的肉芽,很快它们便长成了翅膀越发硬实,并带着她再次飞出刘家庄,途经湖北、湖南,进入广东后,过韶关、粤东、广州,然后回到了深圳的上空,那片她想念的土地。河东、河西、庄边、流塘、凤凰岗、铁岗、径贝、麻布、臣田……而刘谷雨当年所在的公司就在固树,那曲里拐弯的巷子,雨天里湿润的小街,早晨的时候码头上有船过来,商贩们开着货车或是摩托来运回他们的鱼虾,到了晚上大排档里有美味佳肴。刘谷雨挂在阳台上的衣服总是有一股海鲜的味道,刘谷雨远远看见挂满衣服的406,那是她宿舍的阳台。这个时候每个人都还在沉睡,而刘谷雨回来了。

刘谷雨是在敲门的时候,把自己敲醒的。睁开眼睛,她发现天已经亮了,她躺在刘家庄的家里,只是眼前的一切都无比陌生,刘谷雨悲哀地想,原来这里的一切都与她无关,包括那个改变了她命运的刘国平,此刻,她不愿意再想到这个人。

几天之后,刘谷雨觉得再不行动可能就要崩溃了,她已经无法再等下去。当然第一步是她与刘小海再做一次沟通,即使不成功,她的计划也不能改变。

通话的时间是晚上 9 点 50 分,开场白与过去类似,免得节外生枝。不受苦中苦,难为人上人。这是刘国平当年和她说的,刘谷雨想要教育儿子走正道,眼下的苦是为了今后的甜。那个时候,刘国平喜欢"四大名著",《西游记》是他的最爱,他说这个世界上最孤独的人是孙悟空,没有人懂他,无论他做了什么都是错的。当年的刘国平每天嘻嘻哈哈,总是说一些莫名其妙的话,比如强中更有强中手,一窍通,百窍通这类的话。

刘谷雨的第一句话是天冷不冷啊!还没等刘小海接话,刘谷雨便知道错了,于是她迅速改成:"对啊,深圳没有冬天,一年四季穿裙子,我太喜欢这样的天气了。"刘小海对刘谷雨从来没有任何称呼:"有什么事?"他的态度一如既往,习惯性地沉默半晌后答:"如果没有,挂了。"

刘谷雨仿佛看见刘小海皱着眉,裤脚撸起,准备脱鞋上床,于是她连气都没有喘好,便把自己的声音调整成特别温柔赶紧推送出去:"吃饭了吗?"对方冷冷地回了句:"拜托现在是半夜。"刘谷雨说"噢噢我怎么忘了,还以为现在是加班回来提了桶去排队冲凉的时间呢。"

像是没有耐心听刘谷雨啰唆,刘小海那边是沉默。"要注意安全,不要给自己惹上麻烦。"刘谷雨嘴上温柔,而脑子里已经开补各种电影里面惊悚的场景,她一会儿想到路上那些摩托仔会不会撞到刘小海,一会儿又担心刘小海年纪轻轻不懂辨别,一不小心结交了烂仔,进入什么团伙,因为刘小海已经有很久一段时间不再需要她的支持,她转过去的钱,总是被他原路退回,刘谷雨担心儿子有无法见光的收入,毕竟他负责市场这块。刘小海说:"我说过要加班吗?"刘谷雨被噎住只好说:"是我记错了,加班是我们那个时候的事情,寄给你的毛衣收到没有?"她感觉刘小海顿了一下,又继续道:"没事没事,明天再去拿也来得及。"刘小海说:"你认为这种天气需要那种东西?"刘谷雨说:"冬天会用上,深圳的气候不同,有那么几天特别湿冷,骨头里面都会穿进风,反倒外面还暖和些。"刘小海没有任何表情地答:"再过几天楼下的泳池就开了,你让我穿上下水吗?"刘谷雨说:"是呀,我记错了,馒头好吃吗?是家里做的,发面的,怕你想吃,所以特意给你做的。"刘小海说:"不知道不知道,直接扔了。"见刘谷雨没反应,又说:"以后不要再搞这些,莫名其妙。"

刘谷雨连声应道:"好的好的。"只是最后这句话还没说完,对方便已经挂断。刘谷雨后悔没有把意思表达清楚,又浪费了一次机会。上次通话也是如此,她劝刘小海在人生地不熟的城市不要随便出门,不然随便什么人的一个喷嚏都有可能威胁到生命。听了刘谷雨的话,刘小海连反驳都没有,便直接挂断了电话。只是后面补发了一条微信:为了不伤和气,我们最好互不干涉,永不见面对你我都是好事,不多说,你懂的,免回复。

刘谷雨放下手机，感觉到筋疲力尽。这么多年，与儿子的交流越发困难，似乎说什么都是错，她发现自己年纪越大，胆子越小，而办法也越来越少，她常常手拿电话，看着刘小海的名字，保持一个姿势很久，不知道该何去何从，甚至连吃饭、睡觉的秩序也乱了。她无比想念那些可以通信的日子，虽然这辈子她不曾写过几次。如果时光倒流，她很想给刘小海写封信，等刘小海慢慢地看，慢慢地想，她可以把自己的深圳经验，也包括那些注意事项都说给他，顺便抒发一下她这个老深圳的思念之情。可是这些都说来话长，手机完成不了这个工作，必须是书信。她想劝刘小海过好每一天，不要像她这样没有来得及珍惜便辞工回了老家，只剩下后悔。

刘谷雨不喜欢现在的交流方式，因为刘小海总是不等刘谷雨把话讲完便挂断了电话，或是看见刘谷雨的微信，看都不看便直接删除。这让刘谷雨什么也做不了，包括她回深计划中的第一项，订车票，她害怕刘小海的那些话变成了现实。

四

作为当年的一个留守儿童，刘小海在物质方面并没有受过苦，反而吃的用的比谁都好。因为对儿子有愧，在深圳的刘谷雨除了每个月寄钱，过年的时候，不仅买衣服裤子，她还要带些糖和玩具。除了那种港版的原装利是糖，和其他工友不同的是，买玩具的时候，刘谷雨不会吝惜钱，"大圣系列"是刘谷雨厂里最贵的产品，厂里偶尔会拿出一些卖给工人，价钱当然会便宜很多很多，即使这样，多数人也舍不得买，最多放在手里把玩一下。刘谷雨则不同，她就是要买给刘小海，她希望刘小海在同学面前有面子。厂里的产品如果轮不上，她就到商场用原价去买，她认为只有给刘小海花过很多钱，心里才没有那么难受。

　　与其他孩子不同的是，刘小海对玩具倒是没有兴趣，他只喜欢站在院子里面看星星，或是看着房后面的河水发呆。这样一来，村里的老人便说，到底是她生的，一模一样，根本不像我们刘家庄的人。接下来，他们找出一些例子来说明刘谷雨是如何不靠谱，不安分，比如村里的人即便进了城也互相有联系。村里出去打工的人很多，即使在深圳打工，也都聚在六约或是横岗，无论如何老乡之间还是需要有个商量和照应，哪怕打架，也算多个帮手，毕竟都是同个祖宗。谁也不会像刘谷雨这样，单枪匹马，到了固树之后，从不与老乡联系。他们在背后说："有什么了不起啊，又不是去留学，就去打个工嘛，非要把自己搞得很特殊，你打工的时候我们也没闲着，虽然你去的是深圳，可我们也是上海北京啊。了解过了，你去的那个地方只能算是郊区，原来的宝安县，有什么好显摆的，而我们的浦东和朝阳区从来都是大都会。"因为有一个刘谷雨，村里的妇女们非常团结，她们一致认为刘谷雨太能装，在工厂生产个齐天大圣，就把自己也当世界名牌了。这样一来，村里人便有意忽略了刘谷雨曾经是一个好看的女人，至少在当年的刘家庄，算是知书达理，唯一读过高中的女生吧。

刘谷雨成了一个怪人，她既不是城里人，也不像农村人，有时说话还会蹦出一两句蹩脚的粤语，每天都要咋咋呼呼地叫喊着冲凉换衫，似乎全世界只有她最干净别人都很脏似的。这样一来，平时村里人聚在一起说话，见到刘谷雨过来，马上会闭上嘴巴而用眼神交流致意。

他们说刘谷雨的性格古怪，跟谁都和不来，男人已经不要她了还不知道悔改。要知道在农村一个女人性格很怪，绝对是件超麻烦的事，类似于神经有问题，被男人抛弃了则更加要命，而刘小海的母亲，偏偏就是这样的一种人。

这些话被刘小海听到了，非常生气。那个时候，刘小海看了这些玩具心烦，无端端便会冲过去，踢上一脚，原来聚在一堆的玩具，瞬间便散得到处都是。刘小海像是解了恨，看也不看，向上紧了紧裤子，抿住嘴巴，出了门。从小到大，刘小海便不想被人小看，这一年，他已经八岁了。

刘小海不是找朋友玩，而是到镇上。所谓镇，不过是个火车站，只是火车站的一侧有个玻璃柜，里面放着面包和香肠。去镇上的路连二十分钟都不要，却必须经过一个桥，桥下面是条大河。刘小海比较恐高，不然的话，他可能天天都要去。刘小海在课本上看到了南京长江大桥，他觉得村里的这个桥更高更大。有一次，他幸运地搭了一辆去镇上的马车，在颠簸的车上，看见这座桥也在晃动，刘小海爬在木板上面不敢睁开眼睛。有几次，刘小海在梦里看见大桥断了，而他的母亲回不来了。

刘小海到镇里不是去玩，而是到火车站待着。刘小海成功地战胜了蛇和恐高之后，他认为自己什么也不怕了，包括坐上火车去找她的母亲。当然，他的这些心事没有人知道，包括刘谷雨本人。

刘小海需要经过几条铁轨才能爬上站台，然后再通过后门溜进车站。这个候车室很大，大到可以存放好多好多利是糖和玩具。黄白相间的墙面，正方形的大理石。据说是日本人当年为了运送军用物资修的。很多时候，刘小海觉得火车根本就没有停，而是到了这个地方慢了下来，像是那些路上的单车，等车的人，只需在单车慢下来的时候，飞身上去即可。只是这种慢并没有什么意义，因为这个车站似乎没有什么人上过车。每次看见火车由慢变快，再义无反顾地驶向远方，刘小海的心好像都被带走了一样。到了晚上，这颗心又回到了村里，具体是从哪里回来的，连刘小海也并不清楚。

　　无论是站台上还是候车室，人都很少，好似这么好的一个地方只是为了刘小海而存在。进来之后，刘小海走到了最前面的长椅处，内心才算安静下来。躺下之前，刘小海先是脱下上衣，像个老人那样，盖住了自己的上身后才缓缓躺下。接下来，刘小海双眼紧闭，只用一对耳朵去听远处传来的声音，身体的其他部分用于沉睡，甚至附近在炸山他也听不到，他知道山的那边就是城市，他的母亲就在城市上班。很多时候，刘小海并不愿意想她，因为这个女人每次回来都会抱他搂他，看见他不说话就会哭哭啼啼,说:"我这是为什么为什么啊,真是太不值了,连孩子都不认我了。说完话她便跺着脚,发着狠说不走了不走了,不挣那该死的钱,否则我还有什么资格做人。"随后的几天她会把刘小海搂到怀里,亲他的脸蛋和小手小脚,累了之后再呼呼大睡。刘小海睡不着,他被母亲燥热的身体烤得喉咙发干,脸发烫。直到对方甩开他,嘟嘟囔囔说着梦话翻转了身子,刘小海才从被窝里挣脱出来。刘小海把自己的身子晾在外面一会儿,听见身后传来一阵又一阵的呼噜声,才蹑手蹑脚,拎着上衣离开家。出门前,他路过深色的地桌前看了眼自己最新的玩具。在早晨的霞光里,它正闪着金光,手搭凉棚看向远方。

只看了这么一眼,刘小海的手指便开始轻轻地抖动,如果不是他强行压住,他担心自己的手会很贱很贱地爬到它们身上,然后任由它们拖住刘小海,让他不知羞耻地摆弄很久。如果真是那样,他刘小海便彻底失败了。此刻刘小海把手伸直,并贴在大腿的外侧,坚定地走出了家门。连刘小海自己也没有想到,在她母亲专程回来看她的几天里,他还是偷着跑到了车站。这一次,他对着自己那个位置径直走去,刚刚躺倒便沉沉地睡了过去,就连一只狗在近处看过他,也不知道,那是一只在火车站觅食的土狗,他们总是在这里见面,刘小海认为他们彼此是很懂的那种。

刘小海是在母亲醒过来之前回到家里

的，他不希望有人发现这个秘密，主要是担心有人知道以后会过来看他，然后村里那些孩子，还有大人们也都跑过来，把车站这么干净和美丽的地方搞得像个集市，尤其是那些女人们一旦发现，还会把部分针线活儿带过来。刘小海担心他们影响了自己的计划。只是每次刘谷雨回来，刘小海都会感到为难，听见刘谷雨妈咪妈咪地称呼她自己的时候，刘小海的心都碎了。可是他不希望自己就这样被轻易撼动，他可不想那么随意。因为他清楚刘谷雨很快便会忘记之前的那些话，收拾行李之时她手脚麻利，身体像个蜻蜓，到哪里也都只是轻轻地点一下，而不会降落全部身体，甚至有时她还会偷偷地哼出一两句歌，借此释放内心的快乐。直到收拾停当，刘谷雨的脸上才表现出难过和不舍，然后用一对闪闪发亮的眼睛看着刘小海，那是即将回到深圳的人才有的光泽和态度。更小的时候，刘小海会装病，装着装着竟然真的发起了高烧，最后连嘴唇也成了紫色。这个时候的刘谷雨便会一只手拎着行李，一只手放在刘小海的被子上面，甚至连碰一下刘小海的身体也不肯，生怕刘小海一不留神便拉住她不放。刘谷雨眼睛偶尔瞄一眼墙上的挂钟，她那种心不在焉的样子深深地伤害了刘小海。

五

刘小海到了深圳之后,再也没有回过家,走的路子和刘谷雨当年很像,连商量都没有。不同之处只在他是一名技师学院的学生。

刘谷雨听说刘小海被人拦在路上的时候,吓得魂都没了,这是十分钟前工友告诉她的。她担心刘小海和人发生冲突,受到伤害。因为知道儿子的脾气不好,与人交流困难,所以刘谷雨求工友帮忙关照刘小海。各地的隔离解除之后,工友对刘谷雨说:"你不如早点回来,除了打工,你顺便还可以和儿子团聚，重新培养一下感情，不然你这个儿子等于白养，钱也白花了，陪伴是最好的礼物。"看见工友发来的心灵鸡汤，刘谷雨脑子里搜索着工友的模样。聊天的时候，听到对方说到因为不会拼女儿的英文名，只好喊了她小名，而被女儿当众训斥，很有同感，只是嘴上安慰对方，毕竟是孩子嘛还是要理解的，工友听了说是啊是啊自己也是有责任的，毕竟前面那些年只想着挣钱，疏忽了陪伴。两个人说到对不起孩子的时候，瞬间拉近了距离，差不多在电话这边各自抹了眼泪。两个人虽然也都使用了智能手机，知道有视频功能，可是双方都没有提过使用。刘谷雨担心对方看到她相貌上的变化，她猜对方也有这个心理，虽然她嘴上说不在乎无所谓，可在村里人的眼神里她还是清楚自己已不再年轻，甚至过早地憔悴了。工友说担心离开后会受不了，所以说就是死也要死在深圳，因为最美好的时光都是在这里度过的。是这个工友告诉刘谷雨，现在深圳的工作不难找，大批企业复工了，许多产品出口到东南亚和欧洲。通完电话，刘谷雨悲喜交加，可是她找不到一个人去说。本来便不想在村里耗着，看着别人背后说三道四，被工友这么一点火，刘谷雨的心又活了，她觉得深圳是个男人，在那边等着她。于是，她连觉也不想睡了，提着电筒便去找旅行箱，似乎明天一早就能离开一样，虽然她连车票也还没有订，给刘小海的电话还没有打。走进厢房，刘谷雨才想起自己根本就没有旅行箱，当年两边跑的时候，都是提着一只红蓝相间的编织袋，还有一个软塌塌的帆布包。编织袋早已经不见了踪影，旅行包丢在墙角，早被老鼠咬出了几个大洞，她在里面看到一个工卡，上面印着四个黑体字：齐天大圣。

有的车间做圣诞卡，有的做芭比娃娃。齐天大圣则是刘谷雨所在的生产线，也是厂里的主打品牌。坐在厢房的门槛上，看着灰蒙蒙的天空，刘谷雨把过去的事情全想了起来，包括当年他们称呼彼此的时候，都是用了产品的名字。"喂，大圣，你们家的进度很快嘛，是不是赶工了。"

"当然喽，电视上都登了广告，我们必须加油啊，再说了，我们是雄性产品嘛，要称霸世界的，不像你们家只是个芭比娃娃，除了美，什么本事也没有。"

刘谷雨认为刘小海已经睡着了，会在第二天起床时才能看到，所以她把自己的决定编好后发了过去。想不到连两分钟都没有到，刘小海的电话便打了过来，他在深圳的夜里大声吼道："你目的呢，是想监视我吧？"

刘谷雨被这突如其来的叫喊吓住了，她连思考也来不及了，心里的疑惑便冲了出来，"没有做什么，你不用心虚吧。"刘小海停下了脚步问："我到底做了什么？"

刘谷雨知道自己说错了话，于是抓紧时间转弯："我到深圳又不会影响你，你为什么那么紧张，你不是说过你是你，我是我吗？"听了这话，刘小海语调似乎平和了一些："你真的要明白深圳和过去不同了。"

刘谷雨语气也缓和下来，她说："深圳什么样，我还会不知道？新安电影院在四区，对面是邮局，五区的菜市场两侧卖的衣服二十块钱，过了河的六区有个新华书店，里面有好多琼瑶的书，三十五区到四十八区后面都是工厂，街上的油炸饼五毛钱一块。"

刘小海讽刺道："那您可真是太熟悉

了。"刘谷雨并没有听出刘小海话里有话,继续说:"是啊是啊,我当年在固树经常去录像厅,还在新安影剧院看过很多港产片。"讲到这里刘谷雨的语气开始越发柔和:"如果我去了,可以先在固树租间房,帮你做饭、洗衣服,让你无忧无虑地上班、下班,即使加班到深夜也不会那么疲劳,接下来,我们每个人都要过好每一天哟!"这是疫情之后,刘谷雨最想说的一句话。

刘小海再次变成了咆哮的刘小海:"告诉你吧,我不需要。"随后,他冷笑道:"做饭?无忧无虑?早的时候怎么没有,你当年根本不是为了打工,而是为了出去野,为了摆脱农村,潇洒快活之后又不想承担责任,拜托你不要把自己形容得那么高尚那么伟大好吗?"

终于到了这一步,刘谷雨最怕的事情还是来了,原来都没有忘,他终究还是要和她清算这笔账,4月1日这晚,刘谷雨感到自己的心正从高空跌下,摔成了碎片,并散到各处。这一次,是她主动挂断了电话。

六

收到刘小海微信之前,刘谷雨正躺在

床上，她感到自己得了一场大病。

刘小海微信的内容是他同意了刘谷雨去深圳的计划。

见到微信的前一分钟刘谷雨的头还剧烈地痛着，而这一刻她从床上弹跳起来，云开雾散，心花怒放，所有烦心的事情都抛在了脑后。想不到，她不费吹灰之力，便已成功地走出了第一步，接下来，将是第二步，第三步。回到深圳之后，刘谷雨将先是做通儿子工作，进到厂里之后，继续钻研自己的老本行，然后带领儿子重新出发，做出一番事业。想到这里，刘谷雨瞟了眼不远处正在卸货的刘国平，心想怎么着吧，老娘就是让你们看不成笑话。

第四天之后，刘谷雨到了深圳，虽然刘谷雨最想坐慢车，看看窗外的风景，顺便还可以考虑些事情，主要是如何说服刘小海，可是她害怕刘小海的想法发生变化，所以快速买了高铁票，她一刻也不想耽误。一路上，她都在想怎么开口提才好，比如是在刘小海上班的时候，帮他整理床褥，洗完衣服的时候，还是用工友的电饭煲煮好了可口的饭菜，刘小海吃的时候说呢。刘谷雨需要讲自己在村里的处境，以唤起对方的同情，接着，刘谷雨便会顺理成章地提出留下，也算是助他一臂之力。

时间不知过去了多久，火车过到东莞、平湖的时候，刘谷雨身上的肌肉开始紧张，头皮有些发麻，再后来，刘谷雨不小心发出了一声与年龄不符的哽咽，只因她看见了半空中"深圳"两个字。直到对面有人警惕地看了一眼，刘谷雨才又恢复正常。

当年的刘谷雨喜欢在蚊帐里面挂明星的海报。有时是李嘉欣有时是梅艳芳有时是"四大天王"。她先是斜着把它贴在墙上，下铺的人如果想看，需要仰着头，同时还要歪着脖子。显然，刘谷雨多虑了，其他人才懒得理，每天累个半死谁还有这份闲心，只有刘谷雨才会这么不同。刘谷雨的身材并不灵活，却选择住在了上铺，每天晃晃悠悠爬到上面，让人心惊肉跳。可是她愿意这样，因为她不想其他人看见她的宝贝，也不愿意和下铺的人说话。不知道为什么，几天之后刘谷雨又把它取了下来，再小心翼翼悬挂在蚊帐里，蚊帐里面她养了一盆小小的绿萝。这么一来，作为焊接工的刘谷雨工作了一天，回到宿舍的时候，本来已经快要瘫掉，神奇的是她只要看一眼海报，心情便会慢慢好起来，睡得也会特别踏实。她愿意静静地看着海报上面的人，好像那些画上的人懂她，能与她交流。哪怕后来人们已经对港台明星没什么兴趣，流行起《还珠格格》赵薇范冰冰，刘谷雨还会这么做。

　　玩具厂的工人见刘谷雨除了怪还是个工作狂，没人愿意理她，心想，谁稀罕呀，你做得这么辛苦，难道还能变仙，或是做老板。当然了,无论在工厂还是在村里谁也不喜欢那些自以为是的家伙,而刘谷雨好像就是这种。

后来到处搞产业调整,刘谷雨被折腾个半死,一会儿发不出工资,一会儿又传要搬厂,有的人便早早回了老家。倒是刘谷雨一直没有离开过玩具厂,并且成了熟手工,拉长,然后是技术骨干,组装的产品被放进陈列柜,供人参观。

也都是当年的事情,刘谷雨不愿多想,毕竟人也回到村里,就连刘国平都老了许多,重新变成了一个光棍,继续守在他的店里。只是刘国平昔日的小店已经变成了超市,村里人刘老板刘老板地称呼他，刘国平也心不在焉地应着。刘谷雨听见，在心里冷笑："钱再多又怎么样，连个县城都没有出去过。"虽然刘谷雨知道对方的父亲离世前一直愧疚，怪自己太自私，不肯放刘国平去南方。刘谷雨有时回来，路上见到刘国平，也不停下，对方会站在门口向她打招呼，问一句："回来了！"刘谷雨则回个是啊！再无其他，想到自己与对方的交往只剩每年的这一句了，心中不免感伤。

还在路上，刘谷雨便知道被工友骗了，当然也不算恶意，厂里的确在招人，只是需要的是懂电脑，有专业背景，经过系统学习的技工。工友的解释是刘谷雨未必非要回到车间，其他部门也在招人，比如勤杂人员。

马路两侧那些顶天立地的大厦，挡住了刘谷雨的视线，就连树木也不再是记忆中那些，其间她路过了一小段深南大道，马路中间巨大无比的花篮早已不在，变成了一些自然生长的花草树木，蜿蜒盘亘在路的两边，这一切都让刘谷雨感到恍惚，才离开多久啊，就好像过去了几个世纪。如果自己没有从厂里带回那些玩具，刘谷雨甚至怀疑自己是否真的来过这座城市。

刘小海似乎又长高了许多，本以为他会黑着脸对刘谷雨，见了面又觉得人比电话里温和许多，仿佛与电话里的不是同一个人。两个人坐在地铁里，一时间也不知道说什么好，好在坐的是商务车厢，两个人的脸可以同时对着屏幕，而不用说话。下车之后，又走了十分钟，才算是到了地方。站在公司门前登记的时候，刘谷雨还是恍惚，不相信自己真的回到了深圳，她已经完全不认得这个地方，虽然几次遇见写有固树工业园的蓝色路牌。

前面两天刘谷雨并不着急，刘小海也忍着不问，虽然刘谷雨这一次带了超重的行李，门卫的保安还问了句是应聘的吗，两个人都装作没听见。第二天一早，刘小海便主动提出来请刘谷雨到自己宿舍看看。直到这个时候，刘谷雨才知道刘小海并没有住在厂里，而是住在租金不菲的白领公寓，走到厂里还需要十几分钟。

看着房间里整齐的摆设，笔记本电脑和健身器材，刘谷雨不敢相信自己的眼睛。刘小海倒了杯咖啡给刘谷雨的时候，她已经不知道该说什么了。她的确被室内的摆设镇住了，儿子的处境与自己想的完全不同，刘小海哪里还需要她这个寒酸的母亲。原来的计划里，是刘谷雨在刘小海的宿舍里，对着脏乱的床铺，破旧的饭盆，对儿子说出自己的愿望，她要留下，赚更多的钱，帮助儿子过上更好的生活。这个场景在她的心里不知演练了多少次。

此刻，让她感到羞愧的是她竟然嫉妒起了刘小海，刘谷雨面色凝重地说："当年每个月 5 号是我寄钱回家的日子，在邮局门口排着长龙。"随后刘谷雨看了眼杯子，咽回了要说的话。

刘小海并不理解刚刚还一脸讨好的刘谷雨，突然间就变了样子。他看着杯子上面的热气说："人活着不是为了勤俭节约的。"

刘谷雨如同没了魂一样，她自言自语："当然了，你过得好我就放心了，不要像我这样，失去了青春最后还什么也没有得到。"

刘小海察看出了刘谷雨的失落："上当了吧，你是帮她们完成招工任务，现在她可以去领奖金了。"

刘谷雨说:"不算骗,她又没讲是什么工种,技术部进不了,还有其他部门。"

刘小海笑了:"那是做什么呢?"

刘谷雨瞪着眼睛,她知道对方的意思,态度也变了:"不可以吗,低人一等了还是给你丢脸了?"

刘小海说:"不存在啊,如果你认为好,我不会反对,也没资格反对,我怕的是你并不知道自己到底想要什么。"刘小海揭穿了自己的母亲。

刘谷雨虽然发着脾气,心里却早已经没了底气:"我就是想要赚钱,让你过得好。"

刘小海平静的目光攫住了刘谷雨,他温和地说:"可我不想你再那么累了。"

只这轻轻的一句,刘谷雨的心便融成了水。刘谷雨没有生气,而是感到好受,从来没有过的好受。原来被人管着是舒服的,是好的。刘谷雨不明白自己为何会有这种奇特的感觉。当初父母由着她,不管她,她想上学就去上学,想退学就退学,想打工就去打工,想结婚就结婚,连生下孩子也没人责怪她,像是完全放纵了她。这是刘谷雨第一次认真地回首往事,也第一次感到愧对刘小海。这些年,刘小海是怎么过来的?那些骇人的雷雨天他藏在了哪里?在河里玩水的时候被冲走过吗?最后又是怎么爬上来的?上学路上那些野孩子追上来的时候,他是如何应对的?额头上的疤是何时落下的?刘小海越过了多少坎啊,而她这个做母亲的,竟然还会有某种失落。这一刻,刘谷雨不敢去看刘小海的眼睛,不知道为什么,这一刻的刘小海,让刘谷雨生出了羞愧。

七

订好车票之后,刘谷雨约了工友上街。工友正心虚着,因为骗了刘谷雨长途跋涉赶过来,工作又是货不对板,她猜想刘谷雨心里正恼火,所以夸张地给自己贴膏药，她认为自己这个样子，谁也不会再狠心责怪她了。听了刘谷雨的话，虽然没说什么，却已麻利地换下了工装，套了件干净的T恤跟在刘谷雨后面出了门。走在路上，工友又忐忑起来，她不知道刘谷雨到底要做什么，不会是想报复她吧。

像是猜到了对方的心思，刘谷雨说："我只是想再看看深圳，再来就不知道什么时候了。"

听刘谷雨这么讲，工友更加不好意思："机会还是有的，不过现在不比当年，企业的要求很高，虽然我从来没有离开厂，却被调了几次岗位，现在连包装车间的工人都需要懂些英文，你如果愿意像我这样管宿舍,我还是能帮到你,招人这个事我真的没有骗过你,你可以看看那些广告,上面写得清清楚楚。"

刘谷雨看着远处说:"老家有老家的好,深圳我来过,青春就没有虚度。"刘谷雨这么说是希望对方不要内疚。

工友听了这话,立刻放松了,说:"我上次还介绍过几个,浪费了不少电话费,最后也都不合格,我差点还被厂里罚了钱。"

刘谷雨担心工友还在想这个事,转移了话题:"我们去吃苋菜吧,做梦梦到都会流口水。"工友听了马上点头同意,说:

"好啊好啊，好久没有吃粤菜了。"刘谷雨说："还是要去五区春红那间，最正宗。"那是刘谷雨到深圳时第一次吃饭的地方。刘谷雨说："腐乳炒苋菜，炒田螺都特别正宗，能送下两碗白米饭。"竟然连这个工友也是货不对板的，微信上说话的时候，两个人还就宿舍里发生的事情聊得很热乎，见了面，刘谷雨才发现之前并不认识对方，只是刘谷雨早已释然，认识不认识又能怎样，当年的工友应该跟当年的战友一样亲才行，毕竟是一段特殊的岁月。

两个人走了一会儿就迷路了，哪有什么春红餐馆，连类似的招牌也没有见过，整条街都不知去了哪儿。只有几年的时间，深圳就完全变了样子，刘谷雨再次怀疑之前并没有到过深圳，从头到尾都像是梦游。

找不到路的两个女人只好进了麦当劳，各自买了一个汉堡，疲惫地坐在门口的椅子上。两个人眼睛看着窗外，再次无话。还是工友打破的僵局，她准备为刘谷雨买杯可乐的时候，刘谷雨摆手，站在地上，她举起手里还未动的食物说："你看，完全吃不惯，还是开水好。"吃了食物的工友重新有了力气，她甩了下发麻的脚，笑着道："那说明你老了，当然，我也老了。"不久前记者采访这位在深圳工作了近三十年的工友，请她谈些感想，采访结束之前，记者问马上就到五一长假了，你们是回老家还是留在宿舍里团聚。对方是深圳卫视的记者，正在录制作特区四十年专题，女记者话里有话，甚至还有点八卦，言下之意是问她和老公何时亲热一次，是去外面开房还是借用女儿的公寓。

工友的女儿是公司的文员，她们多数住在不远处的公寓里，过的是白领生活，而不会像当年的刘谷雨那样苦哈哈地挤在多人的宿舍，排队吃饭，排队冲凉。女儿是因为攒够了积分，抽中了一间。虽然面积不大，住得却还舒服。对着镜头，工友害羞地笑了，说他们两公婆会在一起几天，反正女儿要去韶关筹备新厂，没那么快回来，早把房间留给了她，让他们安心过二人世界。工友说女儿特别有趣，临走的时候还开玩笑说爸爸妈妈你们注意点影响,可不要给我生出个弟弟啊!

工友并不知道,那个多事的女记者,早已知道了她的情况。女儿出生没多久,父母便已分开,两个人已经多年没见,建好的11号地铁经过工厂门前,无需她周转几次,便能到达丈夫的住处。只是工友再没有坐过,因为她不愿意再看那个方向。

想到这些,刘谷雨拉紧了工友的手。刘小海拖着箱子跟在刘谷雨身后,经过第一次安检之后,两个人开始排队等待检票。刘谷雨乘坐的火车将从罗湖出发。订票的时候,刘小海随了母亲的心愿,这是一辆有时代感的绿皮车,可以横穿深圳到河南的所有大站。

　　差不多快到检票口的时候，刘小海才把拉杆递到刘谷雨的手上，他从口袋里掏出一个小黑夹，打开，拿到刘谷雨的眼前晃了下，上面有刘小海的照片和名字。

　　刘谷雨见了，两眼放光："你什么时候考的，怎么没有告诉过我，你怎么还会有那么多的钱？"刘谷雨酸溜溜地问，对于刘小海的收入问题，她好像还是存有疑问。刘小海道："说了你也不明白，都也可以借的啊。"刘小海进厂没有多久便做了主管，工作是产品检测，这是后来工友告诉刘谷雨的。

刘谷雨听到借这个字便紧张起来,她忧心忡忡地看着刘小海:"是借私人的还是银行啊,我真怕你还不上。"

刘小海摇了摇头说:"你问问你的工友,还有你的那些同龄人,他们的孩子都懂这个,太普遍了呀,只要在工作,这就不是什么事,放心吧,担心的不应该是你,而是我自己,责任人是我刘小海。"刘小海又递过来一个纸筒,说:"拿回去再看吧,不要误了坐火车。"

刚刚找到位置,刘谷雨便已经迫不及待,撕开两层包装,才看到了一张泛黄的似曾相识的海报。火车开动后,刘谷雨收到了刘小海的微信,没有文字,只有一张笑脸。

窗外是岭南碧绿的田野，太阳照进了车厢，刘谷雨的脸颊被映得有些红润。刘谷雨的心砰砰乱跳，她在笑脸后面问了一句："谁给你的？"刘谷雨想起当年见到海报那个晚上的情景。

刘小海说："明知故问了吧，你同学啊，当年他去县里进的货，特意为你留的。"

刘谷雨冷冷地说："为我？他的心里只有钱，还有人吗？"她当然不知道那个夜晚的事情，刘国平与朋友密谋着用刚收回的一笔货款，做路费，进城打工，刘国平提出来的唯一条件便是与刘谷雨一起。

刘小海："反正无论别人为你做了什

么,你都当成是羞辱你,因为你自卑。"

刘谷雨与刘小海仿佛做了置换,她冷嘲热讽:"那他现在是什么意思,送我的,太过时了吧。"刘谷雨想了想又说:"又怎么会在你手里?"

刘小海不说话而是回了一个坏笑。

刘谷雨说:"你们又不是同龄人。"
刘小海说:"我也经常在想,我这样一个六亲都不认的人,怎么会和他有交集。"
刘谷雨更加疑惑:"总之不会是因为我,我和他没关系,这辈子都不想有。"
刘小海说:"那你为什么总给我带回那个玩具?"

刘谷雨顿了下:"不关他的事,我知道你不是很喜欢。"

刘小海说:"唉,已经被迫接受了。"

刘谷雨继续着前面的问题:"他还联系你,又是为了打探我吧,他还嫌伤害得不够吗?"

刘小海没有回答刘谷雨的问题,而像是自言自语:"我只知道,没有他我走不到现在,这些年是他在一直帮助我,有一次过节,看见别的孩子身边都有父母,而我只能一个人,当时我离开了村子四处乱走,是他在深夜把我从铁轨上找回来的。为了让我开心,他让我穿着他的大鞋,在外面玩,因为别人家的孩子都会这样。刘国平说并不是上了火车就能见到妈妈那么简单,想去深圳,需要好好学习,为了那一天你要做好准备。"

这是刘谷雨想不到的事情,她心虚地说:"他都没有来过深圳,能讲出什么呢?"

刘小海说:"是啊,他拿着我的玩具说,深圳就是个齐天大圣,不仅可以打过大黄蜂,还能打过擎天柱,他有七十二变的本领。"

那是 1998 年刘谷雨带回家的第一个玩具,深圳制造,固树制造,被放在刘小海电脑的一侧。

刘谷雨百感交集,她轻轻地说:"是啊,变来变去,变得我都迷路了。"

刘小海说:"只有变化,在这个世界上才有它的位置。"

"这也是他说的吗?"刘谷雨问。

刘小海答:"是我。"刘小海又说:"当兵,读大学,闯深圳,如果连一样都没有赶上,那才是人生的遗憾。"

这个说法刘谷雨还是第一次听见,只是她忘不了自己的遭遇,阴阳怪气地说:"这么好啊,那他怎么不去?"

刘小海说:"所以他才喜欢那些勇敢的人,他说要做你的孩子,必须具备特殊的能力,需要独自长大而又不能自暴自弃,所以他劝我不仅要学会理解妈咪,还要学会一门技术,这才是人间正道。"

没有任何铺垫,就这样发生了,虽然这两个字深藏在其他文字中间,却让刘谷雨感动得快要窒息,儿子刘小海竟然用这种方式亲切地叫了她一声,并与她和解了。

像是担心惊醒了刘小海,他会收走这个让人心跳的称谓,刘谷雨变得小心翼翼,而不敢表现出兴奋,她压抑着自己,还要装作平静如初,保持原有说话的风格,毕竟自己是人家的妈咪,是位母亲,她要做到老成持重才行:"我这次去深圳,也是他的意见吧。"

刘小海并不正面回答:"如果没有亲眼看到这座城市的变化,你当然无法甘心。"

刘谷雨心中已然有数:"也是他动员你去学的开车吧?"

刘小海说:"仅仅学会开车是不够的,这只是基本的生存技能。"

刘谷雨问:"还有什么呢?"

刘小海似乎有所警惕,重新变回了刺猬:"难道都要告诉你吗?"

刘谷雨说:"考驾照需要七八千,也是你自己的工资?"

刘小海冷冷地答:"不然呢,难道我去抢啊?"听到这熟悉的语气,刘谷雨没有生气,而是找回了以往她熟悉的语气。几分钟前,刘谷雨便已发现刘小海微信的头像换成了齐天大圣,那个她心里的英雄。

车厢已经关了灯,四周安静下来,靠在卧铺上,刘谷雨内心像一锅煮沸的水,不断翻腾着。刘谷雨从包里摸到一把梳子,攥在手里,她已经有太久没有照过镜子了。刘谷雨已经想好,到家之后,她将穿上那件好看的衣服,走在村道上,从西到东,最后拐进他的店里。

四处黑蒙蒙的,只有田野上零星的光,在玻璃上面跳动着,后半夜的时候,车厢里有些冷了,刘谷雨向上提了提被子。

空中的雾已经散了,刘谷雨看见了天上的北斗星。